阳光灿烂正青春

读者丛书编辑组 / 编

读者出版传媒股份有限公司
甘肃人民出版社

甘肃·兰州

图书在版编目（CIP）数据

阳光灿烂正青春 / 读者丛书编辑组编. -- 兰州：甘肃人民出版社，2022.10（2024.12重印）
ISBN 978-7-226-05823-7

Ⅰ.①阳… Ⅱ.①读… Ⅲ.①散文集－中国－当代 Ⅳ.①I267

中国版本图书馆CIP数据核字（2022）第091650号

总 策 划：刘永升　马永强　李树军
项目统筹：宁　恢　高茂林
策划编辑：高茂林
责任编辑：张　菁
助理编辑：田彩梅
封面设计：裴媛媛

阳光灿烂正青春
YANGGUANG CANLAN ZHENG QINGCHUN
读者丛书编辑组　编
甘肃人民出版社出版发行
（730030　兰州市曹家巷1号新闻出版大厦14楼）
三河市嵩川印刷有限公司印刷
开本 710毫米×1000毫米　1/16　印张15.75　插页2　字数203千
2022年10月第1版　2024年12月第4次印刷
印数：30 001~32 000
ISBN 978-7-226-05823-7　　　定价：39.00元

目录
CONTENTS

001 现存最早的中国共产党入党誓词／廖俊杰
004 哨卡／吴　颢
007 从石库门出发／何　焰
012 深藏功名60年
　　　／胡兆富／口述　孙　侃／整理
020 鲁艺自制的小提琴／张哲浩　王建平
022 白水火锅／曾　颖
027 "无所谓"付出，我快乐／王仲昀
032 父亲的墨水／步　明
035 真理的味道非常甜／张姚俊
041 袁隆平：科学着　农民着／马　磊
049 烟火人间／莫小米
052 七块红烧肉／董改正
055 不立功，不下战场／CCTV 国家记忆
057 去看大好河山的年轻人／叶倾城
060 放弃牛津的勇气／李　斌
063 世界上最困苦的艺术学院／胡松涛

067 院士的爱情 / 酷玩实验室编辑部

073 夜空中最亮的星 / 张　述

079 医者仁心 / 黄　翔/演讲　徐　蓓/整理

086 他们为什么去延安 / 戚颖璞　束　涵

092 被石油点燃的激情岁月 / 肖　瑶

101 守护莫高窟的年轻人 / 王双兴

106 47号塔上的男人 / 马拉拉

113 辛亥年的血 / 熊育群

118 鲁迅的牙齿 / 李丹崖

121 寻找陈延年 / 闫　晗

124 血性——中国版的《最后一课》/ 薛子峰

127 《红岩》背后的故事 / 汪兆骞

130 尊严不是无代价的 / 萨　苏

133 顽石点头 / 刘　波

137 石碑无声 / 安　谅

141 "鱼雷"闻一多 / 叶兆言

145 八路牛的故事 / 赵冬苓

152 吃一口炒面，抓一把雪 / 刘知依

162 和平年代的守护神 / 霹雳蓝

168 烈火中的爱情 / 许晓迪

172 烽火中，那一封绝笔家书 / 刘已粲

175 将军回乡当农民 / 邢　浩

178 刑场上的婚礼 / 余驰疆

182 发往70年前的电报 / 视　文

188 父亲的边疆 / 虹　珊

194 不要对不起你奶奶 / 罗　尔

200 当代愚公 / 杨学义

207 芳华无悔
　　/ 徐海涛　屈　辰　何　伟　农冠斌
　　　卢羡婷　朱丽莉

214 嫂镜 / 王宗仁

221 人生过处唯存悔
　　/ 何兆武 / 口述　Maggie / 撰文

226 记忆中的星光 / 白　桦

231 孤岛上的"夫妻哨"
　　/ 王志国 / 口述　永　皓 / 整理

236 一个国家的英雄基因就这样生生不息
　　/ 青　平

238 精神之渠永不断流
　　/ 王　丁　李亚楠　双　瑞

245 致谢

现存最早的中国共产党入党誓词

廖俊杰

1931年1月25日晚，对于贺页朵来说，是一个极不平常的夜晚。贺页朵是谁？在这个夜晚到底发生了什么？故事要从一块泛黄的红布讲起。

现珍藏在井冈山革命博物馆里的这块红布，上面写着：牺牲个人，言首秘蜜（严守秘密），阶级斗争，努力革命，伏（服）从党其（纪），永不叛党。这块写有24个字的粗布，看上去并不起眼，却是现存最早的中国共产党入党誓词。这份誓词，就出自贺页朵之手。

贺页朵是江西省永新县北田村的农民，由于家境贫寒，没有田地，只能以榨油打短工为生。1927年，毛泽东率领秋收起义部队上了井冈山，开展了轰轰烈烈的农民运动。此时，41岁的贺页朵满腔热情、义无反顾地投身到这场革命运动之中，并担任了乡农协会副主席。

井冈山地处湖南、江西两省交界的罗霄山脉中段，这里群峰连绵，地形复杂，交通运输和通信联络极为不便。为了尽快与上级党组织取得联系，及时传递根据地内部的消息，贺页朵将自己的榨油坊作为红军的联络点，建立起地下秘密交通站，主要负责收集和传递情报，并作为运送伤病员、转运食盐等物资的驿站。同时，他还参加了攻打永新和吉安的战斗。

由于贺页朵表现出色，永新县东南特区党委决定吸收他加入中国共产党。1931年1月25日晚，入党宣誓仪式就在他的榨油坊里举行。在桐油灯的照亮下，贺页朵拿出自己早已准备好的一块红布，在上面端端正正地写下中国共产党的英文缩写"C.C.P."和由毛泽东起草的入党誓词。之后，他又在布的下方的左右两角各画了一颗五角星，五角星的中心是由镰刀、锤头组成的党徽，5个角依次写着"中国共产党"5个字，并在布的右边空白处写上了自己的姓名和入党地点。最后，在入党介绍人的领誓下，贺页朵举起右手，庄严宣誓。

在当时白色恐怖、战火纷飞的年代，把自己的姓名、入党地点写在入党誓词上是一件非常危险的事情，一旦身份暴露，很可能性命难保，甚至会殃及全家。可贺页朵毫不畏惧，体现了他坚定的革命信念和对党的无限忠诚。

1934年，贺页朵在一次伏击战中身负重伤。红军长征后，他留在永新继续坚持斗争，后与党组织失去联系。在漫长的岁月里，他冒着生命危险将写有入党誓词的布条用油纸包好，藏在榨油坊的屋檐下。1951年，中央赴南方老革命根据地慰问团来到永新，贺页朵亲手将这份珍藏多年的入党誓词交给组织。

红布的颜色虽已褪去,可共产党人的初心永不褪色。我们党创造的辉煌历史,正是在无数共产党人的声声誓言和一步一个脚印的践行中实现的。

(摘自《读者·庆祝中国共产党成立100周年特刊》)

哨 卡

吴 颢

在风雪迷漫的远方，一座山峰似隐似现地高耸在半空。山峰顶端，有我军的一个哨卡。

十余名军人，正顶风冒雪，艰难地朝山峰进发。不知是谁嘀咕了一句："什么鬼地方！"路实在太险了，有些地方，仅可供一人侧身通行。山路上覆着雪，雪的下面，结着厚厚的冰。稍不小心，就可能滑坠。

上校在将军前面走着。遇到危险的路段，他先把脚踩实了，伸过手来拉着将军的手。将军是这一防区刚刚到任的负责作战的副司令员，他利用一个多月的时间，考察了辖区内的所有一线连队。今天，他率领部属将去的，是防区内海拔最高的一个哨卡，仅有4名战士驻守。

早上，将军正在另一个哨卡的战士宿舍。屋外，风嘶吼着，发出阵阵怵人的尖啸，还夹杂着雪珠和小冰块击打门扉的啪啪声。将军站起身，戴上厚厚的皮军帽，扶正，发出了威严的命令："走，下决心去看看！"有好几个人围过来，面有难色地说："首长，路实在太险，天气又这么恶劣，下次吧？"

将军没有言语，轻轻摆摆手，示意旁人走开。推开加了厚厚棉帘的门，雪雾伴着似乎可以渗透到人的每一个部位的风，顿时扑到将军的脸上，他打了个寒战。出得屋来，他凝望着远处的山峰。上校走到将军身边，用几近请求的语气说："首长，您对哨卡战士的关心，由我负责带到，我这就去哨卡。但，首长，您上去，太危险了。为了您的安全……"上校是边防团的团长，从军21年的老兵了。长年的高原生活，使他的脸呈暗紫红色。"战士们成年在山上，他们更危险！你能去，我也应该去！"将军拍拍上校的肩，"走！"

经过近三个小时的攀登，将军一行终于踏上了海拔五千余米的哨卡。由于处在最高峰，四周一无遮拦，狂风肆虐，雪拍到脸上，像刀割一样。

3名士兵列队迎接将军。将军逐一与他们握手，又到宿舍、伙房查看了战士的被装和伙食。他对上校说："团长同志，这里太艰苦了，你要多关心。毕竟，就4个人。要尽一切力量，改善条件！"

一战士正在哨位上值勤。将军向哨位走去。风雪中，伫立着一名浑身沾雪、眉毛上结着白霜的战士。将军握住他的手，表示慰问。忽然，将军注视起哨兵。他发现，这个战士又黑又瘦，显得憔悴甚至苍老。他问："当兵几年了？""5年。""一直在这哨卡？""不，以前在3000米的值勤点上。前年调来的。""这么说，快3年了？""3年还差3个月。"

将军的脸色变了。他转过身，严厉地盯着上校，问："不是有规定吗？高海拔地区执勤年限规定！他，这么长时间，为什么？"上校嗫嚅着，盯了一眼哨兵，没吱声。

将军显然是生气了。他提高嗓门,问道:"你就这么带兵的?让一个战士这么长时间在这儿执勤?嗯?!"

上校没有正面回答将军的问题,轻声说:"这儿条件最艰苦,可总得有人来守……"

"假如他是你的亲人,你会这样?!"

上校还是没吱声。哨兵持枪立正着,张了张嘴,似要说话。上校瞄了哨兵一眼,哨兵把话咽了回去。此时,一名同是边防团的随员悄声对将军说:"首长,他,就是团长的……亲弟弟……"

将军惊愕地注视着上校,又望了望在风雪中持枪站哨的战士。俄顷,他把脚跟一靠,立正,缓缓地抬起了手,向上校和他的弟弟敬礼。将军的眼中,闪着泪花。

众人皆举起了手。

风雪中,一群军人伫立在高高的山峰上,就如一座群雕。远远望去,他们已与山融为一体,正支撑在天地之间。

(摘自《读者》2002年第24期)

从石库门出发

何 焰

要谈论中国共产党的诞生，绝对无法绕过两个人：一个是李大钊，第一个写文章向读者全面介绍马克思主义的人；另一个就是陈独秀。

陈独秀住进上海法租界老渔阳里2号，是一个偶然。

陈独秀说："世界文明发源地有二，一是科学研究室，一是监狱。我们青年要立志出了研究室就入监狱，出了监狱就入研究室，这才是人生最高尚优美的生活。"

他是1919年"五四运动的总司令"，一个性格上开阔狂飙的学者、革命家。五四运动期间，他曾因以北大教授的身份，在北京前门外新世界游艺场5楼天台上，抛下革命传单，而被警察逮捕，监禁98天。

陈独秀成了全国瞩目的思想明星，同时也成了被北京警察厅"记录在案"的危险分子。

之后，他再在北京行动就多有不便。

在1920年2月的又一次警察追捕风波后，陈独秀接受章士钊、汪精卫的邀请，离开政治中心北京，去环境更宽松的广州，筹办西南大学。

在途经上海休整时，陈独秀收到一封章士钊的书信："广州的政潮突起，校址还是设在上海为宜。"

陈独秀便不得不留在上海了。

老渔阳里2号，便是好友为陈独秀寻得的住处。《新青年》编辑部，也顺理成章地在这里成立。

陈独秀住下后，老渔阳里2号就热闹了。他是一块"磁石"，吸引着朋友们来找他。

先是《觉悟》副刊的主编邵力子，总是坐着黄包车来。这位大忙人是"上海滩著名的国民党员"，却满心倾慕马克思主义，曾在《觉悟》上发表文章说，"时代潮流中已有需要这个主义（社会主义）的征兆"。

邵力子不仅自己来，还带着斜对门的邻居李汉俊一起来。这位来自湖北潜江的青年，精通日语、英语、德语、法语4门外语，是当时中国最懂马克思主义理论的革命者之一。

李汉俊还是《星期评论》的3位编辑之一。《星期评论》是当时全国发行量最大的评论媒体之一，高峰时的发行量能达到十几万份。而且看名字就知道，它原本便是跟随陈独秀、李大钊《每周评论》的风潮而创办的刊物。

李汉俊来了，《星期评论》的另外两位编辑——戴季陶和沈玄庐的拜访之日自然就不远了。

再是张东荪，《时事新报》的主笔。

当时在上海滩青年群体中最有影响力的几份报刊，"梦幻联动"了起来。

以陈独秀为中心，在渔阳里2号集结了越来越多向往马克思主义的青年：翻译《共产党宣言》的陈望道，给《时事新报》长期投稿的沈雁冰（茅盾），《新青年》的编辑李达，《湘江评论》的创办者毛泽东，等等。

其中不得不提的是，共产国际从苏俄派往中国的第一位"使者"，1920年4月造访的维经斯基。

"共产国际的使者"让这幢一楼一底的石库门小房子更加热闹，加快了青年们"建立一个党"的进程。

同年5月，上海成立马克思主义研究会。8月，成立了党的前期组织——共产主义小组。

其间，有人退却了，更多的青年加入进来。

"秘密活动"往周边的几栋民宅辐射开去。

先是新渔阳里6号，它正在淮海中路（当时叫霞飞路）侧面的一个里弄里。

这一处石库门房子，原本是《星期评论》编辑戴季陶的住处，离陈独秀的老渔阳里2号，穿街走巷不过三五分钟的路程，后来变成了维经斯基的翻译杨明斋的住处，成了一个办会的场所。

在新渔阳里6号，这群年轻人建立起社会主义青年团，又办起"外国语学社"。

一楼的客堂和厢房用来做教室，楼上则腾出来给学生们住宿。"外国语学社"搞得像模像样。

校长是杨明斋，日文教师是李达，法文教师是李汉俊，英文老师是袁振英，俄文教师最多——王元龄和维经斯基的妻子库兹涅佐娃都在担任。

但是，自1920年6月《每周评论》被迫关停之后，上海已经释放出办报环境收紧的信号。上海的共产主义小组成员朝着革命的方向走去，行事变得更加小心翼翼。

他们虽然在《民国日报》上公开登出"外国语学社招生"的广告，请有志学习英、俄、日语的同学，前来报名学习，但实际上，都是内部推荐入学，不是上海共产主义小组的推荐，就是外地进步团体的介绍。

这里出过不少著名的人物，刘少奇、任弼时、任作民、柯庆施等人，都在这里学习过外语。

而原本的老渔阳里2号，也从1920年9月起，发生了微妙的变化。

先是《新青年》杂志不一样了，封面换成了地球上一东一西两只手的交握。

而就在这第8卷第1号《新青年》上，陈独秀刊登了一篇重要文章——《谈政治》，标志着自己彻底转向左派，成为一个激进的马克思主义者，他也因此与老友胡适分道扬镳。

老渔阳里2号，成为"青年们慕陈独秀之名来上海的避难所，希望赴苏俄的留学介绍所"。

与陈独秀往来的朋友，肤色、口音、年龄和打扮各有不同，在上海租界里，外国人不显得扎眼，警察也有所顾忌。但他们仍旧在租界当局的监控之中。

而最重要的一处活动新地址，是李汉俊的新住处，望志路106号（今兴业路76号）。

1921年，中共一大在那里召开。

13位党代表，平均年龄28岁，从上海、北京、武汉、长沙、济南、广州以及日本等地聚集而来，从7月23日开始，一连开了数天的会议。

直到7月30日夜，一个穿灰色竹布长衫的陌生人闯入，打断了会议。

"他是密探！"陌生人走后，年轻的党代表十分警惕，逐一奔出后门，在黑夜中四散而去。

有人穿街走巷，回到老渔阳里2号，有人去借住的博文女校，有人回到新渔阳里6号。

三四个住处，在子夜，联结成一张隐秘的地图，就在这群青年的脚下，被秘密地走过。

那一夜，没有人逃跑。

密探离开之后，青年们重聚起来，共同商议，"把大会挪到附近的小城嘉兴去开"。

（摘自《读者·庆祝中国共产党成立100周年特刊》）

深藏功名60年

胡兆富/口述　孙　侃/整理

　　1926年，我出生在山东省济南市泗水县仲家庄，上面有三个姐姐、一个哥哥，家里只有一亩三分坡地，连糊口都难。大姐早被送了人。为了给母亲治病，二姐又被卖到了邻村。

　　我5岁那年，母亲没了。我就跟着哥哥和小姐姐，在周边村庄讨饭。到我12岁时，父亲也因病去世了。之后，比我大两岁的哥哥逃荒去了黑龙江，小姐姐也嫁人了。我为了谋一口饭，到村里地主家做小工。

　　在当时的农村，小工除了不给主人家端尿盆，其他杂活都得干，还得伺候主人家雇的专干农活的大工和长工。北方人耕地、运输靠毛驴，毛驴是夜里吃草，所以每天晚上，我都得熬夜喂毛驴。天没亮透，我就得去水塘里挑水，至少要往返七八趟。天亮了，我又要牵着那头大黄牛出门，还得趁放牛的时间割草……那种辛苦说也说不完。

1941年前后，鲁南的抗日队伍离得不远，地下党在我们那儿越来越活跃。日本人常来烧杀抢掠，我堂姐全家就是被日本人杀死的。地下党的刘同志发动贫苦农民，成立了"农民抗日救国会"。我好几次跑去听，他说的道理我都能听懂。父亲在世时，曾挤出钱来送我去识文断字，直到父亲去世我才辍学，前后读了5年书。

为了打日本人，为了填饱肚子，我不再做小工，按照刘同志说的大致方向，我往南走了两天两夜，在平邑县找到了鲁南泰宁抗日游击队。那一年，我虚岁17岁。

卫生员的使命

游击队安排我担任卫生员。那时部队的卫校很简陋，老师也不固定，遇到打仗就搁下书本，跟着部队走。学的都是最基本的抢救技术，像外伤包扎、骨折整理、压迫止血、压力止血等，还有怎样打纱布绷带，怎样上夹板，怎样消炎。

看起来蛮简单，但在战场上，没有正确娴熟的救护技术是救不了伤员的。比如头部包扎，要包得像帽子一样结实，确保伤员的头怎么转，纱布都不会掉下来。你还要分清静脉和动脉，血液的大循环和小循环，要弄清创口在哪里，血是从哪里出来的。

他们说我悟性很高，在部队一年多，我就当上了救护班班长。之前我都是当助手，第一次独当一面在战场上救人，是在1947年的山东莱芜鲁南战役中。看到战友牺牲了、受伤了，涌上我心头的不是害怕，而是一定要冲上去，把战友救下来。一个卫生员最大的耻辱，就是把伤员丢在战场上。

1947年5月,孟良崮战役期间,我所在的部队不断有战友牺牲。我不停地救伤员,连喘息的时间都没有。突然有人大叫:"快跑,飞机又来了!"我赶紧让担架员抬着重伤员撤退,自己背起一名腿被炸伤的战友。这时,一颗炸弹"嗖"地砸下来,指挥所当即就塌了。

我冲过去。指挥所被炸成这样,指导员肯定受伤了。但这时,敌人快冲上来了,战友们拉住我的胳膊,说指导员很可能已经牺牲,再往那儿冲,太危险。

我不肯,拼命推开战友们的手,匍匐着,朝指挥所的方向前进。泥土、碎石还在空中飞,砸在我的头上、身上,但我管不了这么多了。

"指导员,指导员!"我抱起倒在血泊中的指导员,不停地喊,想把他喊醒。真的,他闭上的眼睛,竟然睁开了,只是他再也说不出话来,只能一动不动地瞪着我。他把剩下的力气全使了出来,才抬起右手,指了指自己身边的文件包。我顿时明白了。见我把文件包拿好,他的眼睛才又合上。

我咬着牙,一边把文件包和枪挂在身上,一边扶起指导员,仿佛他还能救活,一步一步向后撤。这时,敌人的炮火越发猛烈,这是步兵冲锋的前奏。怎么办?走了几步,前面就是山坡,我没有时间思考,干脆紧紧抱住指导员,两个人一起滚了下去。

在山坡下面,我把指导员的身体放平,才发现他已经没了呼吸和心跳,瞳孔已经放大,身体也凉了。我知道,我不可能把他背回去了。我匆匆用石块把他的遗体掩埋好,再插上一根树枝作为标志。等我直起腰,发现敌人已经把我围住了,他们站在山坡上方,可能还看到了挂在我身上的文件包……天有点黑了,我赶紧趴在地上,爬到山坡前方那条河边,不顾一切地跳了进去。河水有些冷,水流也很急,我顾不了那么多了,背着文件包拼命往前游。游得太急、太快，我的力气很快就耗光了。

最后我是被湍急的水流冲到对岸的。我踉跄前行，不敢停留，拼命往部队后撤的方向赶，花了一天时间才找到大部队，把文件包安全上交。听说里面有好几份文件特别要紧，绝不能落到敌人手里。因为这件事，我被授予二等功。

后来别人问我当时害不害怕，我说，哪有时间害怕。这文件包是指导员拿命换来的，我必须用命把它护住。

从没把自己当英雄

有时打仗打得凶了，卫生员也被迫成为一线指挥员。1948年解放洛阳的一场战斗，我所在的排里，排长、班长都牺牲了，部队没法推进，我成了战场上仅存的党支部委员。战况紧急，我放下医药箱，一边让几名战士正面火力压制，一边让另外几名战士利用战壕掩护我绕到敌人后方，最后我们炸掉了敌人两个大地堡，抓获了10多名俘虏，还缴获了一支马枪、两支冲锋枪。

这回，我荣立特等功。

你问我一共参加过多少次战役，立过多少功？其实，在战场上，双方动用上万兵力的才叫战役，一般规模的只能叫战斗。我参加过抗日战争，解放战争中的孟良崮战役、中南战役、淮海战役、渡江战役、舟山战役等大小共46次战役，立过特等功2次、一等功7次、二等功8次、三等功5次，获得过"三级战斗英雄""华东三级人民英雄"称号，得过"渡江胜利纪念章""解放奖章"……我身上一共有4处大的伤痕，每一处都差点让我牺牲。第一次受伤是抗日战争时期在山东平邑香山口的反扫荡战斗中，我们把一小队日本兵都给消灭了。打得正激烈时，小日本的一颗子弹击中我的头部，打落我的一颗牙齿后，从后颈部穿出去，留下一个血窟窿。

我竟然没有倒下，仍在战场上跑来跑去救伤员。这种叫贯通伤，也幸亏小日本的子弹很尖，否则伤口只要再扩大几毫米，我就归天了。

1947年6月收复山东济宁，双方拉锯战打得很激烈。周围都是"嗖嗖"乱飞的子弹，我刚想把伤员扛上担架，一颗子弹就把我的一截手指头打飞了。随即，炮弹在我身边炸响，耳朵一下子听不见了。

但伤员都等着我去救呢，这点轻伤还不能让我下火线。我手指的根还在，但耳朵震聋了，后来也没有完全恢复。

1948年6月解放开封，那场仗可是厉害了。我所在的营负责从敌人的炮火包围圈里撕开一条口子，但敌人的炮火特别猛，一声巨响过后，何营长埋伏的那栋三层楼一下子被炸塌了，他牺牲的时候，手里还紧紧攥着枪。

那天，我疯了似的与战友们一起，徒手从废墟里扒伤员，一共救出11名伤员。那个时候，我的头部和胸部也被炮弹碎片击中了，头皮被掀掉，头骨被子弹击穿，凹陷了下去，全身上下都是血。可我顾不上自己了，只知道拼命扒，直到失血过多，晕倒在战场上。

那回，我昏迷了十多天，因为弹片取不出来，胸口开始化脓。战友们以为我要完了，没想到我居然醒了过来。休养几天后，我又上前线救伤员了。这回更奇，因为在战场上要不停地弯腰救治伤员，胸口那块弹片竟然被挤出了身体！我咬着牙，徒手把弹片从胸口拉出来，就这样捡回一条命。

我的命够大，这应该是一种巧合。在战场上，有那么多战友和我一样，把生死置之度外地往前冲，但很多人没能像我这样幸运。

我要特别说一说两位英雄，他们都牺牲了，我觉得他们才是真正的英雄。

一位是我前面说的何营长，解放开封那一仗时不幸被炸死的那位。他在战场上特别勇敢，这在部队是出了名的。那天，和上级命令一起下来的，还有何营长的副团长任命书。有人劝他这回不要冲在最前面了，他坚持说，等拿下开封后再上任。后来，我们抱着他的遗体不停地喊："营长，你快睁开眼睛，我们胜了啊，我们胜了啊！"

还有一位英雄，叫林茂成，是我们山东沂水人。从抗日战争到解放战争，他身经大小战斗80余次，个人毙（伤）敌百余名，俘敌200余名，指挥战士缴获的武器可以装备当时的一个师。1949年准备解放舟山时，他带着营连干部到大榭岛前沿阵地侦察，遭敌人机关枪扫射，中弹牺牲。太可惜了！这样出色的战斗英雄，在全军都是少见的。

这么多人前仆后继地英勇牺牲了，他们才是最值得被记功和赞扬的。我打了这么多年的仗还能活下来，我够满足了。经历过战争的人、在战场上浴血奋战过的人，对生命、对人生意义的理解，肯定与一般人不一样。我从来没有把自己当成英雄。那些比我英勇、功劳比我大、已经牺牲了的战友，他们就像一面镜子。只要拿他们照一照自己，我的那些战功和荣誉就不值一提。

救一个，再救一个

解放了舟山，打完四明山剿匪战，1950年我到南京空军司令部报到，先后在南京的大校场机场、衢州机场和宁波庄桥机场担任卫生员和军医。组织上又让我去读书，我拿到了高中文凭。之后，我随部队转到吉林的一军区，其间又到重庆第七军医大学深造了两年。

1958年，按照军委部署，各部队实施人员裁减。作为一名共产党员，我主动报名了。

我更愿意做一名一线的医生。后来，我到了浙江金华。当时的金华专区包括现在的金华和衢州两市，地盘蛮大。毛主席发出了"一定要消灭血吸虫病"的号召，我得知常山县的血吸虫病闹得很厉害，就毫不犹豫地说："常山需要医生，那我就去那里。常山条件艰苦，那干脆全家人都去，互相有个照应！"那是在1963年年初。

顺便补一句。我是1952年结的婚，妻子是我山东老家的。去常山那年，我们已经有3个孩子，其中一个刚出生不久。我们全家5口人背着铺盖卷来到了常山。从此，我再也没换过地方。

常山的血吸虫病被成功消灭后，省里还发给我一本证书，这是我在地方上拿到的第一本荣誉证书。那些从部队带回来的军功章、奖章，我早就收起来、藏起来了，所以在常山，没人知道我立过战功，连知道我曾是军医的也很少，而这，正是我乐意的。

血防工作告一段落后，组织上有意让我担任县防疫站领导。我说，我更愿意去医院，当一名临床医生，因为这样离病人最近。后来，我就到了常山县人民医院，成了一名内科医生。

成为县人民医院的普通医生后，我每天要看150多名病人，但我知道，还有很多病人住在大山深处，没法来县城求医问药。我就徒步到距离县城40公里远的毛良坞，上门为当地人看病，遇到买不起药的农民，我就主动替他们付医药费。

1965年，毛主席提出"把医疗卫生工作的重点放到农村去"，我响应号召，加入医疗宣传队，到青石镇砚瓦山村、天井头村等地，做卫生预防工作，培养当地的赤脚医生。半夜有人突发急症，我二话不说，提着一盏马灯就出发。别人劝我天亮了再走，我笑道："以前打仗时，深更半夜在大山里急行军都是常事。而且打仗只有前进，哪有后退的？宁可自己牺牲，都不能往后退缩啊！"

"救一个，再救一个，不管到哪里，我都是一名医生。"我常用这句话来提醒自己，和以前在战场上救伤员时一个样。年纪大了后，只要能坐能站，我就坚持去上班。给病人看病时，脑部的旧伤时常发作，我就绑上冰袋止痛。我总觉得，救人一命、帮人摆脱病痛，这是天大的善事。

2018年3月，因为脑部的枪伤复发，我跌伤了腿脚，住进医院。外孙来看我时，喜滋滋地带来法院系统为他颁发的三等功奖章和优秀共产党员证书。我说："你不要有了一点荣誉就翘尾巴，要说立功，我立的功比你多得多。"我是为了激励他才这样说的。

外孙特别好奇，反复问我究竟立过什么功。我说："我特等功、一等功都立过，不过现在你不要问我的事情了，我只是希望你的工作能做得更出色。"

不要说外孙，连我的儿子女儿都不清楚我究竟立过哪些功。后来，我的"秘密"还是被县退役军人事务局挖掘到了，军功章从箱子底下翻出来，那么一大堆，连我妻子都吓了一跳。它们已被我藏了60多年。

今年我已经95岁了，经历了那么多战斗，我活了下来，还活得这么长。而我曾经的战友，如今在世的恐怕都很少了。现在，我的战功被大家翻了出来，我还得到了很多新的荣誉，可我还是要说，这些功劳不是我一个人的，是千千万万战友一起浴血奋战得来的，是属于那些牺牲了的战友们！我更愿意把他们的故事讲出来，他们才是中国人永远不可忘记的英雄！

（摘自《读者》2021年第14期）

鲁艺自制的小提琴

张哲浩　王建平

在陕西延安文艺纪念馆里陈列着一把小提琴,琴体总长60厘米,宽21厘米,厚10厘米,琴弓长80厘米。它已问世70多年,是目前存留的唯一一件延安鲁艺人自制的乐器。

1940年冬,大提琴家张贞黻经周恩来介绍来到延安,在鲁迅艺术学院任教,教授大提琴和小提琴。由于大提琴、小提琴等西洋乐器在抗战时期的延安十分稀缺,张贞黻专门写信给党中央提出自制乐器的建议。不久,在负责工业部门的李强同志的协助下,在延安桥儿沟的窑洞里开办了延安乐器厂,由张贞黻任厂长,成员多为鲁迅艺术学院的学员。

1944年,西北战地服务团团员王卓回到延安鲁艺音乐系学习小提琴,老师就是张贞黻。他们苦于没有乐器。当时的戏音部主任吕骥给在美军观察组工作的版画家古元写信,请他在美军驻地的食品、物品包装箱里找适合做提琴的松木板和硬木板。这些材料经张贞黻细细打磨，终成一把精美的小提琴。古元看到这把自制的小提琴后赞叹不已，在琴颈上刻下"鲁艺自制"四个字。从此，这把小提琴就供王卓学习使用。1946年重庆谈判后，为贯彻停止国共双方冲突、恢复交通和整军方案的军事三人小组抵达延安，在党中央举办的欢迎晚会上，王卓用这把小提琴演奏了《白毛女》片段"扎红头绳"。

解放战争时期，王卓带着这把小提琴跟随"鲁艺赴东北文艺工作团"到达东北。1946年，在东北解放战争前线演出时，这把小提琴的琴颈被压断，原来"鲁艺自制"的标记也没能保存下来。1952年，王卓带着小提琴奔赴朝鲜战场，为坑道里的志愿军战士演奏。中华人民共和国成立后，王卓成为国家一级作曲家，被周恩来总理誉为"我们自己培养起来的作曲家"。

张贞黻在延安时期就患上了严重的肺病，由于延安的医疗条件落后，他的病没能治愈。1948年，在解放战争途中，他不幸病逝于石家庄，年仅43岁。

2012年7月28日，84岁的王卓老人特地回到延安，捐出了这把小提琴。如今，这把小提琴陈列在延安文艺纪念馆里，它见证了延安鲁艺自力更生、艰苦奋斗的峥嵘岁月，见证了延安鲁艺艺术教育的光辉历史，也见证了两位音乐家走过的不平凡的道路。

（摘自《读者》2021年第9期）

白水火锅

曾 颖

秋成老先生是我极为佩服的前辈。他早年参加革命,随大军南下,在我家乡那个小县担任文化馆馆长,因文采和相貌出众,获得本地川剧名旦的芳心,二人夫写妇唱,成为本地一道亮丽的人文景观。

但好景不长,动乱来临,以往好的,变成坏的;以往美的,变成丑的;以往幸福的,自然就变成了不幸。

曾经的幸运儿与文化楷模秋成先生,理所当然地变成了"黑五类"。他那美丽的妻子,为了不跟他一起变"黑",举报了他之后,带着女儿与他划清界限。

世间最痛的刀,莫过于亲人下手捅的。秋成在一系列的打击中,终于倒下了。当一个人生不如死的时候,死不仅不可怕,甚至令人向往。想着一死,所有痛苦与悲伤如生满虱子的老棉袍被扒去的感觉,秋成忍不住对着土牢房的暗黑角落,发出阵阵笑声。

悲到极处是笑,笑过之后,便有大事发生。

那天夜里,秋成将衣裤撕成一根根布条,布条在他指尖穿梭,仿佛是在给幼时的女儿扎小辫,女儿柔顺的头发,左缠右绕,变成一根美丽的麻花辫。可惜,那样的画面,如今连梦里都不会出现了。

"唉……"他忍不住长长地叹息一声,将编好的布绳搭上木栅栏。他用颤抖的手将它绾出一个绳结,准备用力将身子往下一沉的一瞬间,脚下有人敲了他一下。他说:"别拦我,让我死!"

下方的人回答:"不拦你,先等一下,听我说句话,不耽误!"

他把头收回来,看到说话的,是一个比自己大几岁的中年男人,早几天就被关进来了。但因为自顾悲痛,他没注意对方的存在,只大致听说对方是个医生,姓傅。

医生见他回了头,笑笑说:"你还没吃晚饭吧?我看你都两天没吃东西了。"

"你想说的就是这个?"秋成忍不住有点愤怒。

医生点点头,说:"这可不是小事,六道轮回听说过吗?饿着肚子去死,要进饿鬼道,永不得超生!"他说着,一搓手,长吸了一口气。

秋成也吸了一口气,凉凉的。

"我倒是有个主意,你吃点东西再死,行不?"傅医生用商量的口吻说。

"这大半夜的,在土牢房里,哪儿去找什么吃的?"秋成的思路,已跟着医生走了。

"这好办,今天下午过堂的时候路过伙食团,我顺手拿了两个土豆,这阵正好派上用场。"傅医生伸手从床上的草席下翻出两个土豆,笑呵呵地说,"我们把它们吃了,你继续去死,我继续睡。"

"可这是生的,怎么吃啊?"秋成嘟囔着说。

傅医生听秋成这么说,得意地笑笑,说:"有办法,有办法!"

他伸手从板床下面摸出一个饭盒,饭盒里有一把小铁尺。再从窗台下拿过一个医用玻璃瓶,从里面倒出些水来,用衣襟蘸了,把两个土豆擦得铮亮,然后用铁尺,很笨拙地将土豆切成几块。他努力想切成片,但尺子没有让他得逞。

接下来,他从窗台上取下煤油灯。亏得这是一个并不专业的土牢房,这么大的安全隐患,居然被忽视了,看守们也都睡了,才使得牢中两个犯人,有了偷火的机会。

傅医生把饭盒放到油灯上方,问秋成:"你最想吃啥?"

秋成说:"就这两颗土豆,你还能变出火锅来不成?"

秋成也不明白自己怎么脱口就说出火锅来。大概是他那川剧名旦妻子喜欢这一口,常吆喝着要吃,他们一家人围着火锅,有过太多温暖回忆吧。但越是温暖,越让人心寒。想着想着,不由得眼泪又下来了,油灯、小饭盒和傅医生,都模糊起来。

傅医生道:"火锅?好办!你等等。"

他伸手往窗外,努力摸,像抓鱼一般,眼珠一转,有了发现,收回来时,手里已有了两只青辣椒。用尺子剁,青椒并不爽快地断开,他索性抓起来掰成几段,扔进饭盒。饭盒里已开始冒起蟹眼珠一般的水泡。他一看,高兴地说:"快开了,让我再加点料!"从怀里掏出一个纸口袋,捻出一颗东西,捣碎,扔进饭盒。

"这是什么?"秋成问。

"谷氨酸钠,就是你们常说的味精,那天我在医务室看病,顺手……

要了几颗！"傅医生对那一小饭盒隐隐开始冒出香气的土豆，有些得意，"这难道不是火锅吗？锅下有火，锅里有食物。虽然是白水汤，但白水最养人！还能给人想象，你想它是什么，它就是什么！"

秋成被他莫名的乐观，引得笑了。这是他一个月以来第一次开心地笑，他也久违地有了关注自己以外的事物的愿望——眼前这个乐观得有点像疯子的人，究竟是什么来头？他从哪里来？经历了什么？如何又变成现在这个样子？

趁着土豆没熟的当口，傅医生聊起了自己的身世。他也是当过兵的，早年和村里15个弟兄一起出来当兵打鬼子，中条山一战，一起出来的弟兄就只剩他一个了。他是从尸堆里爬出来的。后来，日本人投降了，他不愿再打仗，和几个战友一起逃到川西，各自凭手艺做起了小买卖。他因为在军队里学了几天医，就开了一个小小诊所，还和当地一个女子成了家。共和国成立，他们主动向政府汇报了自己逃兵的身份，虽中途经历了一些波折，但总还算过了十几年安稳生活。如今以"潜伏特务"的身份被管制起来。但就算被枪毙，他也比当年那15个弟兄赚了——多活了这么些年，有了妻子和儿子，虽然离了婚，但主意是他定的，因为只有那样，才可以保全妻子的工资，他们娘儿俩才能活下去。至于自己，没关系，这教室改成的土牢房，不算自己待过的最恶劣的地方。最起码比尸堆强，此时此刻，还有火锅可以吃！

秋成攥起一片土豆，放进嘴里，口中鼻里，顿时泛起一团蒸汽，将微弱的灯光，渲染得一片温暖……那个场景，是秋成一生难忘的，直到30多年后我采访他时，他眼神中还闪着盈盈的泪光——那时老天爷在极寒时节给他送来了一点火星，虽不足以暖身，却点亮了他心中暗灭了的希望。

那天晚上，他们俩像古时的诗人，在寒月当空的夜里，坐在小小的乌篷船上，任那白水煮出的土豆片的暖暖香气，点亮他们头脑中那些残存的美好记忆，让它们如渐冷的木炭，死灰复燃，星星点点……

多年后，两位相识于土牢房的狱友，偶尔会坐到一起，泡两杯香茶，煮一小锅白水土豆或青菜。其时，他们已什么都不缺，别人都以为他们是在吃养生餐，而他们则相视一笑，只字不提。

（摘自《读者》2021年第12期）

"无所谓"付出,我快乐

王仲昀

"穿新衣吧,剪新发型呀,轻松一下 Windows 98,以后的路不再会有痛苦,我们的未来该有多酷。"20多年前,世纪之交的朴树在那首广为传唱的《New Boy》中描绘了一个通透明亮的新世纪和新少年。

20年后,当时的少年已经老去,而永远有人年轻。穿新衣,剪新发型,代表了面对新生活的态度。不过,新生活的"实验"方式多种多样,也并非年轻人才能拥有所谓的"新生活方式"。我付出,我快乐,就是一种难能可贵的奉献精神,也是一种富有价值的新生活方式。

路边摆摊救人的麻醉科医生

2020年入夏以来,每当夜幕降临,在潍坊市区的一个街角,一处地摊前，总有不少路人驻足观看。这个"人气地摊"旁边的海报上写着：人人学急救，急救为人人。这是一个不收钱的地摊。非但不收钱，这个地摊的摊主还免费教人用于急救的心肺复苏术。

摊主张军桥，今年32岁，是潍坊医学院附属医院麻醉科的一名主治医生。从2020年6月开始，他便利用下班后的休息时间，去路边摆摊，传授急救知识，一周3次。

为什么会想到通过摆摊来教人急救知识？这和张军桥的从业经验密不可分。张军桥说，自己参与过无数次现场抢救，面对呼吸、心跳停止的紧急状况，最有效的急救方法就是心肺复苏。

"第一时间的介入是非常非常关键的，我们希望有更多的人关注心肺复苏这件事情。现在80%以上的心脏骤停都是发生在医院外的，甚至是发生在家里的，所以，如果家人能够掌握这种救命的技能，将为挽救患者生命争取一定的时间。"

张军桥的妻子也十分支持丈夫的"摆摊事业"。"我一个朋友的母亲今年在阳台上晒太阳，因心脏骤停摔倒，一家人都不懂急救知识，只能给她放枕头、盖被子，不知所措，光等着救护车，结果错过了最佳的抢救时间。"

张军桥深受震动，说干就干。2020年6月7日，张军桥正式开始摆地摊。当晚，有人拍下了他教人做心肺复苏的视频，发到网络上，立刻吸引了160多万次网友点赞。大家都说，这样的地摊越多越好。

这个特殊的小地摊，不仅吸引了一拨又一拨路过的市民，更有不少人在旁边跟着模仿动作，还有的想要亲自上手试一试。为了达到效果，张军桥耐心地手把手为大家纠正动作。

看到有人主动上来尝试，张军桥感到很欣慰。在他看来，一个人经过科学地指导，5分钟就能学会心肺复苏术。哪怕每天来听的、来接受科普的人不是特别多，但只要坚持下去，便能慢慢地积少成多。

很快，张军桥摆摊的事情在当地以及网络上引发了关注。"很多人不认可，说我在摆拍、作秀。我说无所谓，你爱怎么想就怎么想。欢迎你也来'作秀'，你也摆个摊，跟我一起做这件事。"不过，"作秀"的人没来，倒是有不少同行自愿加入。自摆摊以来，当地不少医务工作者主动跟他联系，提出想要加入摆摊行动。其中，既有同一家医院的同事，也不乏其他医院的医生。

一个多月的时间，已经有近百名医务工作者加入张军桥的摆摊团队。这些医务工作者，陆续在烟台、商洛、重庆、杭州等城市开展了普及心肺复苏术的公益活动。

别人摆摊挣钱，张军桥白天身穿白大褂在医院上班，夜晚则摆摊传授救人知识。这位"热心肠"的青年医生，找到了自己甘愿为之付出的新生活方式。

不一样的"奥利给"大叔

"不要冷漠地走入普通人。"画面中是演讲人的正面特写——50岁的黄春生表情肃穆，却看得出激动。黄春生把这句话说了两遍，第一遍在开头。第二遍，画面变暗，光照在他的头顶，显出老黄挺直腰板的剪影。

2020年上半年，一段由快手直播推出的演讲视频《看见》，让千千万万的网友认识了这个看上去无比精神、挺拔的中年大叔黄春生。在此之前，黄春生已经在网络世界，特别是年轻网友的圈子里进行文化输出。很多网友模仿他，不论说什么，都要在最后喊上一句："奥利给！"

虽然黄春生今年已经50岁了，但他手臂上的肌肉线条依然清晰。无论说话、办事，他的眼神都透出一股精气神，这都是常年锻炼的结果。当初录制这场演讲时，他展现出的状态令在场的年轻人颇有些自卑。他们一度觉得，好像自己是老年人，而黄春生更像年轻人。

黄春生的"新"，不仅仅是他拥有健康的体魄，更在于他找到了自己独一无二的生活方式。在知乎问题"如何评价朝阳冬泳怪鸽"的众多答案中，一位朝阳本地人写道："朝阳是东北一座并不富裕的小城市，在老一辈人眼里，在正常单位上班，有个安稳工作才是正道（正常单位泛指国企、银行、医院之类）。但是，老黄是一个热爱自由的人，这样的性格让周围很多现实的人对他嗤之以鼻……我一年前见过他，他已经小有名气，那时候就有人想用他做文章，给他费用。他拒绝了对方，明确讲他不图什么，只想实实在在做自己。"

没有像其他中年人一样循规蹈矩安稳度日的黄春生，还将这种新生活方式，通过直播分享给五湖四海的人。

他的直播没有固定时间，通常都在后半夜，有时是深夜两点多，或者凌晨四五点钟。有网友替他着急，希望他能像其他网红一样，把直播放在每晚的黄金时段。豆瓣网上的许多年轻女孩像追星一样守着看他的直播。她们沿用"饭圈"的操作：在小组里发帖，号召大家都去看大叔直播，在大叔的直播间"控评"，并且在能力范围内给他打赏。这些女孩甚至还专门研究购买哪些礼物打赏，大叔才能分到更多的钱。

但是，结局如你所料，黄春生对这一切现代社会的商业诉求都表现出"无所谓"的态度。这种无所谓的态度，早在老黄还是教师时已经形成。在被问到为什么当年放弃做了十几年的教师工作时，黄春生表示，为了利益去帮学生考试作弊，自己做不到。

和张军桥相比，黄春生的"付出"，可能不那么明显。但他确实用他个人的"新生活"，带给无数年轻人鼓励。新在何处？

第一，像他这样的东北朝阳小城大叔放弃之前的工作，愿意接触直播，是新。

第二，他直播的内容，以及传播出的精神力量，对年轻受众来说，也有新鲜的感觉。

第三，他在这一过程中付出了自己的努力，并且不在乎商业利益，在这个讲究钱的时代，难道不够脱俗、不够新吗？

（摘自《读者》2020年第19期）

父亲的墨水

步 明

我的老家在苏北一个叫"东湾子"的村庄,地处偏僻,常被人说成是"龟不生蛋的地方"。

穷,是那个年代的缩影。在穷得连肚子都吃不饱的年代,能喝上"墨水"是了不得的大事。父亲是家中老大,老实巴交的爷爷竟然送他去私塾。父亲肚子里的"墨水",是志学之年打的底子。

父亲在私塾读书,他的同桌后来便成了我的母亲。后来听母亲讲,父亲当年因背书写字没少挨先生的戒尺。现在看来,父亲写得一手好字,多亏了严苛的塾师。

我上学之后,每到过年前,父亲总会为庄上人家写春联,一写就是好几天,惹得一个人忙里忙外的母亲不悦,抱怨说忙年倒为别人忙了。对父亲来说,写春联是十分讲究的。即便是写传统的诗词歌赋对联,每副对联的内容也不尽相同：有与时政呼应的，有跟农村生产契合的，有为求字者私人订制的……小小的一副对联里，写出的不只是喜庆，更有父亲对复杂时局的审慎，对人情冷暖的关怀，对古老文字的敬畏。

父亲给人家写春联时，正赶上我放寒假，于是就经常去帮他拣笔添墨、牵纸裁纸，学会了用手裁纸的功夫，算是当了许多年的小书童。有时牵纸慢了、牵得不正，他就会训我几句；书写时若有旁人说笑，他会咳嗽两声，暗示别人严肃点儿；偶尔写错、写漏了字，他会自责一番，再来一遍；为安妥一字，他久久沉思不语，这时谁都不敢出声，待他捉笔落纸、一挥而就，围观者才敢高声喝彩。

古人讲心正则笔正。父亲的一生正应了"如其学、如其才、如其志，总之曰如其人"。"文革"中，父亲为自己写下几大捆辩词，反复申辩和廓清的是自己并非"三青团"成员，也从未"瞒产"。他恨不得把仅剩的一把米、一碗粥都送给穷苦人家。在当村支书的父亲眼里，广大生产队员的冷暖就是他的命。但莫须有的"罪名"接二连三地落到父亲头上，抄家，批斗，戴"大高帽"游斗的情景让我至今历历在目。父亲是个性急的人，受不了一点冤枉。在那段不堪的日子里，他在无助、焦灼、痛苦中完成了这些文字，字字泅着泪、和着血。用淋漓墨水与黑色时光抗争的日日夜夜，只有他自己知道是怎么挨过的。运动结束后，父亲平反，他眼眶湿润地说，相信共产党，享到福了。

父亲这一生，有党恩守心、有风雨沉浮、有人间情暖、有幸福晚年。父亲一生执笔，但还没有写够，因为他老人家的笔太直太硬、太真太切，太有生命张力，正如他肚子里的墨水，从未干涸。

父亲年轻时没工夫专门练字，八十岁后才开始每天抄《古文观止》。终于回到他童年握笔的追梦时光，他想写就写，无拘无束，笔笔中锋，干净利落。

父亲对我书写的忠告，只有四个字：铁画银钩。当真是"书贵瘦硬方通神"，这与他一生的行事风格一样。现在想来，我的笔墨意志，也是从小在父亲跟前所受的耳濡目染，给生活抹上了一层墨水的五色气象。

送别父亲时，我取了一支他老人家生前用过的毛笔，带回放在案头笔搁上。今晚笔影飘逸、墨香幽然，取笔、捻管，觉得它还带着温度。父亲，儿想你了！

（摘自《读者》2020年第11期）

真理的味道非常甜

张姚俊

1920年早春的一天夜里，在浙江义乌分水塘村一间久未修葺的柴屋内，一个年轻人正埋首译书。母亲爱子心切，特意端来粽子和红糖。走到屋外，她还特意问道："红糖够不够，要不要再给你添些？"青年答道："够甜，够甜的了！"谁知，母亲进屋收拾碗筷时，发现儿子的嘴里满是墨汁，红糖却一点儿也没动。原来，他竟是蘸着墨汁吃掉粽子的！

故事的主人公就是中共早期活动家、新文化运动先驱、著名语言学家、教育家陈望道，他当时正致力于将《共产党宣言》翻译成中文。1920年8月，《共产党宣言》中文首译本面世。就在它印行300多天后，1921年7月23日，中国共产党第一次全国代表大会在上海召开。中国革命的面貌从此焕然一新。

习近平总书记曾在不同场合多次讲述这则故事，并意味深长地说："真理的味道非常甜。"那么，是什么让青年陈望道吃了墨汁却浑然不觉，还说很甜呢？

重任在肩　当仁不让

1920年2月初，因"一师风潮"而从浙江省立第一师范学校愤然离职不久的陈望道，接到上海《民国日报》经理兼副刊《觉悟》主编邵力子的来信。陈望道不仅与邵力子有同乡之谊，且常为《民国日报》撰稿，两人交情莫逆。展开函札浏览，陈望道不禁喜上眉梢。原来，邵力子在信中称，《星期评论》周刊主编戴季陶约请陈望道为该刊翻译《共产党宣言》。

对于《共产党宣言》，陈望道并不陌生。早在19世纪末20世纪初，《共产党宣言》中的只言片语就通过《万国公报》《民报》等刊物传入中国。五四运动前后，《每周评论》《国民》等进步刊物均对《共产党宣言》进行过零星片段式的摘译，陈望道亦读过。只可惜，《共产党宣言》的通篇译文一直阙如。

戴季陶曾从日本带回一本由幸德秋水、堺利彦合译的日文版《共产党宣言》，原先打算据此将《共产党宣言》译成中文，却浅尝辄止，因其翻译难度颇高，译者须具备深厚的文字功底和一定的马克思主义理论基础。整天忙于编务的戴季陶自感难以胜任，"不如邀人翻译，并在《星期评论》上连载"。一日，戴季陶将自己的想法告诉了邵力子，邵力子极为赞同。在推荐翻译人选时，邵力子说："非杭州陈望道莫属。"陈望道留学日本时，结识了日本进步学者河上肇、山川均等，阅读过他们译介的马克思主义著作。而且陈望道的国文素养非常了得，从他刊登在《民国日报》上的文章中便能窥知一二。商定之后，邵力子立刻给陈望道修书一封。

《星期评论》因介绍、研究国内外劳工运动，宣传社会主义和其他新思潮，与陈独秀、李大钊创办的《每周评论》齐名，被时人誉为"舆论界中最亮的两颗明星"。《星期评论》的邀约让陈望道既感意外，又觉兴奋。因为"一师风潮"发生后，他在不断的反思中获得感悟：对待任何事物，不能简单凭借"新"与"旧"来加以肯定或否定，应当有更高的判别准绳，那便是马克思主义。"这真是天赐良机！若译出《共产党宣言》，对于传播马克思主义岂不是大有裨益？"打定主意后，陈望道赶忙提笔给邵力子复信。不多时，上海方面向他提供了戴季陶自购的那本日文版《共产党宣言》，作为翻译底本。

误把墨汁当红糖吃

译书需要一个清静的地方，陈望道想到了自己的故乡——义乌分水塘村（今属城西街道）。因村中有水塘，池水分为两系，分别流向义乌和临近的浦江县，故名"分水塘"，村子也由此得名。

1920年2月中旬，陈望道带着妻儿回到分水塘村。适逢春节临近，村里渐次热闹起来，家家户户忙着准备年货，陈家亦然，可里里外外唯独不见陈望道的身影。他去哪儿了呢？

谜底就藏在距离陈宅五六十米开外的一间柴屋里。那是陈氏老宅，陈望道幼时就随父母居于此处。1909年，陈家新居——一座二层砖木结构的庭院建成后，老宅便被用于堆放柴火，平日少有人前往。陈望道一眼就相中了这破旧却静谧的老宅，他带着几样简单的生活物件和文具，便在那里"安营扎寨"，孜孜不倦地翻译《共产党宣言》。柴屋里既没桌子又无床，陈望道干脆把一块铺板架在两条长板凳上，工作时，把一应所需摊在铺板上，倒也施展得开；累了就往铺板上一躺，当作卧榻。早春时节，乍暖还寒，山区里更添几分寒意，及至深夜，刺骨的朔风横冲直撞地从四壁和窗户的缝隙里闯入屋内，陈望道那只握笔的手时常被冻得不听使唤。家里虽不缺"汤婆子"和脚炉，但他嫌那些玩意儿束缚手脚，令人分神。实在冷得吃不消了，陈望道就起身，跺跺脚、搓搓手，还不住地往手心里哈气，稍觉回暖，又专心致志地继续译书。

陈望道对于《共产党宣言》的翻译工作是如此专注，除了短暂的睡眠时间，他"吝啬"到不肯在其他事情上浪费一分一秒，就连一日三餐和茶水都是由母亲送入柴屋。眼见儿子食不甘味、寝不安席，人都瘦了一圈，母亲心疼不已。一日，她特地包了几个糯米粽子，外加一碟温补祛寒的红糖，送去给儿子。等到她进屋收拾碗碟，见到儿子嘴周围乌黑一片，她才明白，原来，儿子译书太专心，竟把墨汁错当红糖蘸着吃了。

转眼间，已近谷雨时节，陈望道"费了平时译书的五倍功夫"，终于完成了《共产党宣言》的翻译。走出柴屋，抬头望见远处山花烂漫的美景，陈望道的心头也充满了浓浓春意。

"我们都是你教育出来的"

后来，由于《星期评论》停刊，《共产党宣言》译稿的出版费了一番周折。好在得到了陈独秀、李汉俊等人的支持和共产国际代表维经斯基的资助，几经磨砺的《共产党宣言》中文首译本终于在1920年8月付梓，共计印行1000册。首译本比现今的小32开还略小，显得小巧玲珑，封面印着红底的马克思半身坐像，画像上方印有"社会主义研究小丛书第一种""马格斯、安格尔斯合著,陈望道译"等字样。翻开小册子,内页是用5号铅字竖版直排,无扉页及序言,亦不设目录,风格简洁。稍有缺憾的是,书名被错印成"共党产宣言",文中也有20余处讹字,但这毕竟是由新印刷所开机印制的第一本书。

《共产党宣言》中文首译本推出后,迅速在先进知识分子群体中掀起一股购买与阅读热潮,很快便售罄。9月,在勘误之后,《共产党宣言》中译本印行了第二版,封面的马克思坐像底色改为蓝色。与首版相仿,第二版同样热销,许多读者致信《新青年》《民国日报》,询问购书事宜。

或许陈望道并未料到,他翻译的《共产党宣言》会在当时的革命青年和知识分子当中产生如此强烈的反响,一大批具有激进民主主义思想的仁人志士在它的熏陶下,成为信仰马克思主义的革命者。

1921年9月,人民出版社在沪成立。在该社的首批出版书目中,陈望道的《共产党宣言》中译本赫然位于前列。第一次国内革命战争时期,广州平民书社、上海书店等纷纷重印此书,单是平民书社一家重印就达10次之多。至1926年5月,该书已相继印行17版,其再版的速度远超同时期的任何一本图书,受欢迎的程度可见一斑。

当年,毛泽东就是《共产党宣言》中文首译本众多拥趸中的一员。1936年7月,他对来延安采访的美国记者埃德加·斯诺坦露了自己思想成长的历程:"有三本书特别深地铭刻在我的心中,建立起我对马克思主义的信仰。我一旦接受了马克思主义是对历史的正确解释以后,我对马克思主义的信仰就没有动摇过。"这三本书,排在首位的就是陈望道翻译的《共产党宣言》。毛泽东进而又说:"到了1920年夏天,在理论上,而且在某种程度的行动上,我已成为一个马克思主义者了,而且从此我也认为自己是一个马克思主义者了。"

1941年9月13日，毛泽东在向中央妇委和中共中央西北局联合组成的妇女生活调查团发表讲话时，再度谈及陈望道翻译的《共产党宣言》："记得我在1920年，第一次看了考茨基著的《阶级斗争》、陈望道翻译的《共产党宣言》和一个英国人作的《社会主义史》（柯卡普编著的《社会主义史》——编者注），我才知道人类自有史以来就有阶级斗争，阶级斗争是社会发展的原动力，初步地得到认识问题的方法论。"

不仅仅是毛泽东，《共产党宣言》中文首译本教育和鼓舞、激励过的革命者何止成千上万。在1949年7月召开的中华全国文学艺术工作者代表大会上，周恩来遇见前来与会的陈望道时，紧紧握住他的手，当着在场代表们的面，笑呵呵地说："陈望道先生，我们都是你教育出来的！"

历史证明，陈望道翻译的《共产党宣言》对于马克思主义在中国的传播起到了积极推动作用，为中国共产党的创立和党的早期理论建设奠定了思想基础。中国共产党人正是在马克思主义真理的滋养下，于华夏大地上孕育出甘甜的果实。

（摘自《读者·庆祝中国共产党成立100周年特刊》）

袁隆平：科学着 农民着

马 磊

在一篇报道中，有记者借用国外一名水稻专家的话形容袁隆平："中国最出名的农民。"但当记者提到"农民"一词的时候，袁老赶紧纠正："我不是农村人，我生在北京协和医院，初小是在武汉读的，大学在重庆读，在大城市长大的，我家还算是知识分子家庭呢！"

袁先生的父亲在当时的国民政府担任文职，是冯玉祥部第二集团军上校秘书，母亲是教会学校的英语老师——旧中国典型的知识分子家庭。

然而眼前的袁隆平从哪儿看也不像是大城市长大的：高额骨，矮个子，背微驼，小平头，古铜色的脸庞爬上了些许老年斑，宽阔的额头上岁月刀刻了许多皱纹，晒得黝黑的手臂被稻叶划上了一道道伤痕。若换一身土布衣服，扛把锄头赤脚在田间漫步，便是十足经典的农民形象，没有人会怀疑他是农民堆里的"无间道"。

为此他还获得一个绰号，叫做"刚果布"，他笑着解释："刚果人特点就是黑，我天天下田晒得很黑，又比较结实，就像非洲的刚果人一样——你看看他们，哪个有我黑！"他指着旁边那些戴着眼镜的研究生们说，立刻引来一阵爽朗的笑声。

秋天是收获的季节，像往年一样，2004年袁隆平照例收获一堆拿起来烫手看起来扎眼的国际大奖：以色列政府颁发的"沃尔夫奖"，泰国公主诗琳通颁发的"金镰刀奖"，以及世界粮食基金会颁发的本年度"世界粮食奖"。

拿奖在袁老的一生当中是家常便饭，这些沉甸甸的奖励给他罩上一层神圣的光环，"杂交水稻之父"的荣誉把他送上了神坛。然而这些对天性自由的袁隆平来说却显得非常不自在，像是做好的笼子——袁隆平很害怕一些记者把他写成一个典型的学术大师：正襟危坐，不苟言笑，谈学术永远都是义正辞严。

"我不过是个幸福的老头。"他咧着嘴，笑得很开心。

其乐融融

马坡岭，到长沙市区有十多公里，湖南杂交水稻研究中心就建在这里。隔壁是一所水稻学校，周围除了一个小储蓄所和邮局便只剩下一块块的稻田，水稻研究中心就像稻海里的贝壳，而袁隆平家则是贝壳里的珍珠。

小小的乡间别墅，坐落在水稻中心科研大楼后面，房子外面是袁隆平的老伴邓哲悉心照料的花园，旁边的车库里停了几辆摩托和一辆小奥拓，"摩托是以前袁先生骑着下田的，现在不骑了，都是自己开车，就是那辆。"袁隆平的学生给记者介绍。

袁隆平很忙，全世界跑，参加各种研讨会，出席各种国际国内会议……但是他最快乐的时光，还是在自己家中享受天伦之乐，在水稻实验田里像农夫一样劳作。

清晨，你会看见袁隆平背着手，从家里踱步到办公室，处理研究中心和隆平高科的一些事情。哪位研究人员有什么新的实验成果和发现，都会首先跑去通知袁老，一起下田去检测新发现。

正午时分，袁隆平会出现在离研究中心不远的实验稻田里——长沙很热，水稻中心正式上班时间是下午3点，而此时袁隆平已经从田里归来，因为正午阳光充足，是观测花蕊的最佳时间。

夕阳西下的时间是属于邓阿姨的。他们一般都约请一帮老伙伴打排球，他照例是和邓阿姨分在一拨——说是排球，其实是比气球重不了多少的排球内胆。袁隆平和老伴玩得不亦乐乎，他总自称是主攻手，比赛中不时地埋怨邓阿姨打得臭。这时要是自己的孙子在旁边看热闹，老头便会恶作剧地用软球砸他的脑袋。

晚上袁隆平家里一般客人很多，有自己的学生，有自己的朋友，也有来采访他的记者。记者登门拜访的时候他正在看一部叫做《大汉天子》的连续剧，抱着一只黑猫，目不转睛地盯着屏幕，很八卦地为剧中人的命运平白担心。

要是人够一桌，袁隆平便组织大家打麻将——打是打，不赌钱的。输的人钻桌子！有一位记者来采访，被拉着一起打麻将，结果第二天看报纸，配的图片是麻将桌：袁隆平在旁边幸灾乐祸地看别人钻桌子。"其实那天晚上我钻得最多，大概是他觉得我这样的大科学家钻桌子的照片登出来太不成体统。"

很多人都知道袁老喜欢游泳。他高中的时候是武汉市中学生游泳冠军，而现在在泳池里面的袁隆平依然身手矫健。"我们单位举行游泳比赛，我只参加一项，要是所有项目都参加，那所有的冠军肯定都被我拿，那多没意思啊！"

乐而忘暑

2004年是世界水稻年，袁隆平将于10月14日参加美国在艾奥瓦州举行的"世界粮食奖"的颁奖仪式。世界粮食奖设立于1986年，由总部在美国艾奥瓦州得梅因市的世界粮食奖基金会每年颁发一次，授予"为人类提供营养丰富、数量充足的粮食做出突出贡献的个人"。此奖被看做是国际上在农业方面的最高荣誉。今年除了他之外，另外一位获奖的是非洲水稻专家蒙蒂·琼斯博士。

在今年3月举行的"世界粮食奖"发布仪式上，世界粮食奖基金会主席肯尼斯·奎因表示，在今年联合国国际水稻年授予两位水稻科学家本年度世界粮食奖尤其显得重要，因为稻米目前是世界大约30亿人的主要食物，而这两位科学家"为大大提高亚洲和非洲亿万人民的粮食安全取得了突破性的科学成就"。

然而袁隆平起初开始杂交水稻研究的时候，却没有考虑过这些。科学研究和发现发明是一名科学家最为快乐的事情，袁隆平为了研究杂交水稻，简直到了忘我的境界，总是在中午太阳最毒的时候下田，真可谓是乐而忘暑。

但谈起如何走上农业科研的道路，袁隆平却连连说自己是"上当受骗"。小学一年级的时候他在武汉读书，有一次老师带小朋友们去郊游，到了一个园艺场，进去以后，到处的花草景象深深吸引着袁隆平："桃子结在树上红红的，好美丽。葡萄一串串一串串的，引得我口水直流。"这学农美啊！

这件事情成为袁隆平后来坚决选择学农的直接原因，他是个浪漫的人，然而真正学农以后却让他大失所望："如果当时郊游老师带我到真正的农村，又穷又苦、又脏又累的地方，恐怕我就不会学农了。"人常说生活中不缺乏美，缺乏的是发现美的眼睛，而独具慧眼的袁隆平很快就在农业研究中找到了快乐。

袁先生刚过完74岁生日，享福的年纪了，却仍然和年轻人一样天天下田。他所有的快乐仿佛都来自稻田，乡土的味道和稻穗的喷香总是让袁隆平流连不已。"我每天都要下田，要是哪天没有去就觉得吃不下饭，总觉得什么事情没有干。"

1953年，袁隆平从西南农学院毕业以后被分配到偏僻的湖南省安江农校任教，在一个特殊的年代，开始了一段奇特而又充满快乐的科学之旅——几十年过去了，记者再次来到这里，地处湘西雪峰山麓的安江农校，仿佛置身于天人和谐的世外桃源：青山、绿水，几百岁的大樟树和古典而独具湘西特色的楼房相得益彰，处处是嫁接的瓜果、稻田，琅琅读书声和果实的芳香仿佛是这田园景象的背景音乐……

当地的老师指着一片稻田说："袁老师以前每天中午就在这里观察水稻的花蕊。"

20世纪50年代的中国什么都学苏联，政治"一边倒"，连科学研究也"一边倒"，农业科学迷信苏联科学家米丘林、李森科的学说。袁隆平被他们误导了好多年。

这两人认为无性杂交可以创造新品种——现在连小学生都知道是错误的，在当时的中国却没有人怀疑其真理性。然而袁隆平没有轻信。实践是检验真理的唯一标准，他便做无性杂交的实验来验证：把番茄嫁接在马铃薯上面，上面结番茄，下面结马铃薯，那该多好啊！实验做了，的确是上面结番茄，下面结马铃薯，但是把收获的种子第二年种下去，马铃薯是马铃薯，番茄是番茄，袁隆平失望透顶。他又做实验把西瓜接在南瓜上，长的瓜，西瓜不像西瓜，南瓜不像南瓜，但是种到地里，第二年还是西瓜，一点没有变。

农业科学的周期是以年为时间单位，一次实验就要等到一次花开、结果。就这样，几个实验误导了袁隆平好几年。

这时登在《参考消息》上的一篇不起眼的文章像给迷途中的袁隆平以当头棒喝：克里克、沃森和威尔金斯发现DNA螺旋结构，西方的遗传学研究进入分子水平。"我当时还在那里搞什么无性杂交，糟糕得很。"

水稻是自花授粉植物，雄蕊雌蕊都在一朵花里面，雌雄同株，没有杂种优势——杂种优势是生物界的普遍现象，小到细菌，大到人，近亲繁殖的结果是种群的退化。但是水稻因为花小，其杂交是当时公认的世界难题，设在马尼拉的世界水稻研究中心就是因为困难重重，差点关闭。袁隆平偏不信这个邪，他突发灵感：专门培养一种特殊的水稻品种——雄花退化的雄性不育系，没有自己的花粉，这样不就可以做到杂种优势了吗？

于是，漫长的寻找过程开始了，要找到这样一株雄花退化而且杂交之后产量猛增的"太监"水稻简直是大海捞针。

从湖南到海南，从四川到云南，从1964年开始，袁隆平跑遍了大半个中国，就是为了寻找那株雄性不育系。就像相隔两世的恋人，即使是大海捞针，但是有一种信念在支持着袁隆平。

寻寻觅觅，观察细小的花蕊。正午阳光最足，也最毒辣——科学研究是袁隆平最大的快乐，晒一点算什么！

功夫不负有心人，1972年，袁隆平的学生李必湖在海南发现一株野生的雄性不育系水稻"野败"，杂交水稻的研究之路豁然开朗。

乐天知命

"我在年轻时做过一个梦：我们种的水稻，像高粱那么高，穗子像扫把那么长，颗粒像花生那么大，我和几个朋友就坐在稻穗下面乘凉！"

袁隆平说起自己的梦想，笑容灿烂，使人联想起金秋沉甸甸的稻穗。

袁隆平回忆起自己小时候看过的黑白电影《摩登时代》，留给他印象最深的不是高楼大厦，而是未来社会里处处挂满的瓜果，到处绽放的鲜花，人们丰衣足食，不再忍受饥饿。

民以食为天，然而土地的萎缩和人口大爆炸却使吃饭问题越来越严重。美国一位学者布朗写过一本书《谁来养活中国》，认为中国不仅养不活自己，而且还会成为世界的负担。袁隆平当然很反对，认为布朗没有考虑到科学发展对农业增产的决定性作用。但是袁先生很清楚，如果土地状况继续恶化，布朗的预言绝不是危言耸听。

袁隆平计划在2005年完成自己"超级杂交稻"的大面积推广工作，也就是亩产达到800公斤——水稻现有的平均产量是亩产500公斤左右，而亩产800公斤在袁隆平的实验田里已经成功，下一步是大面积推广。

他的理想是1000公斤——水稻产量可能达到的上限。但是他清楚，这个目标可能只是一个遥远的梦想，在一次接受采访的时候他表示："700公斤我们实现了，800公斤我们马上就要实现，1000公斤就等你们来接班！"他笑着对台下的中国农大的年轻学生说。

他不知道自己有生之年是否可以亲眼看到亩产1000公斤的梦想实现，

但是年过古稀的袁先生仍然像年轻人一样每天下田，偶尔还自己开着小奥拓到田间兜风——享受生活，享受工作，将来的事，有将来的人操心。

沉迷在科学发现的快乐和享受成功的喜悦中，他咧嘴笑，一脸的幸福。

（摘自《读者》2005年第1期）

烟火人间
莫小米

有一幅俯拍的长图，看起来挺壮观的。

一条狭长的巷子，灰暗陈旧，紧靠着两边斑驳的墙，简易的水泥板上，两溜儿排开的锅碗瓢盆、炉子、水桶……两排掌勺人的头顶，稍显密集。放大看，炉火正旺，铲勺挥舞，炖锅咕嘟咕嘟冒气。

这不是厨艺比赛，也不是百家宴，是一对六旬夫妇操持的露天大厨房。地点，就在江西省肿瘤医院的近旁，烹饪者，均为病人或病人家属。

并非刻意为之，多年前这对夫妇来此卖油条，早点时间过了，油条炸完，炉火仍旺，有人商量着借炉子炒菜。能用余火助人，夫妇俩爽快地点头。

家有肿瘤患者，多半经济拮据，长期住院，自己做菜是最好的选择。

口口相传，前来借火的人越来越多，一个油条炉哪里够。于是，夫妇俩干脆添置了十多套厨具和煤球炉，成了"共享厨房"，又称"抗癌厨房"。

夫妻俩起先完全是免费做好事，为了维持下去，一道菜收五角钱，后来蜂窝煤烧得多了，电费房租都在涨价，便炒一个菜收一块钱，煲一个汤两块五，基本维持收支平衡。而夫妇俩仍然靠炸油条为生。

从清晨五点到晚上八点，他们守着炉火，连过年也不熄火，非但不熄火，还免费。他们说，过年还在医院的，一定是最难的。

另一对夫妇也是六十多岁，在武汉，卖的是豆腐脑。

每天凌晨两点就起来忙碌，泡豆子、磨豆子、做豆腐脑……五点多钟，他们兵分两路，每人两桶，推着车子去各自的老地方。一辆推车，几个塑料凳，一个小摊位。

味道醇厚的豆腐脑，可以传代。有位老主顾从前带着上小学的儿子天天来吃，现在又带着上幼儿园的孙子来了。而豆腐脑的价格近些年来一直都是一元钱一碗，连顾客都看不下去了。

有位常年吃客，悄悄做好新招牌，价格都写好了——一元五角，挂起来就能用，可终究没用上。摊主说了不涨价，就不涨价。

摊主年轻时曾因赌博而走投无路，1986年流落武汉，在街上捡到一张十元大钞。他用六元买了十斤黄豆，又用剩下的钱置办了桶、碗、瓢等器具，开始做豆浆和豆腐脑来卖。

三年后，他还清了赌债，这豆腐脑一卖就是三十几年。他不能忘记初到武汉时方便他设摊、为他提供桌椅的小店老板，周边照顾他生意的居民……让他的人生走出了低谷。

卖油条，卖豆腐脑，最小的营生，却做出了大境界。他们的体会相似，辛苦着，快乐着，幸福着，因为被需要，一天不做，都会让人牵挂。

市井长卷，聚拢来是烟火，摊开来是人间。

（摘自《读者》2020年第23期）

七块红烧肉

董改正

我十三岁那年的正月十三，天下着蒙蒙细雨，母亲挑着担子送我去五校读书。那是我第一次离家住校。担子一头是两床被子，一头是衣物和米，还有一罐子咸菜。

担子很重，但一路泥泞，母亲不能放下歇肩，只能以换肩的方式来放松疼痛的肩膀。

"姆妈，我来挑一截路。"

"不要的，我行。"

顺着山道走下去，径直穿过西湾的田野，到枫河入江的狭长河道时，乘渡船而过，爬上河埂，便可望见五校的校舍。后面的路途是沉默的，只有细雨洒在盖物的薄膜上的沙沙声和胶靴拔泥而出令人疲惫的声响。我们到达河边时，已是午后一点多。母亲已经累了，身子随着担子摇晃着。

"姆妈，让我来。"我到母亲身边。

"我行。"母亲不让。她大声喊："有人吗？有人吗？"

岸上红砖房的门开了，一个人走下来。也不用划桨，人站在船上，手抓着粗绳，把船悠到对岸。那是个穿蓑戴笠的女人。她不要钱，只是看着我们发出一连串的叹息，目送我们走进五校。

很快就报完名，我住进了宿舍。母亲帮我铺好被子，一边铺，一边流泪。被子湿了半边，她叮嘱我，一出太阳就抱出去晒。她跟我的同学们请求带我睡几夜，直到我晒干被子，但终究不放心，叮嘱我不要睡湿的那边。收拾完，她正要把我托付给同学们，他们忽然呼啦一声全飞走了。

"我走了，你记得四点去换饭票啊！"

我点点头。走廊上只有我一个人，还有几只叽叽喳喳的麻雀。

"你一定别忘了。"她穿好雨衣，走进细雨之中。远方，山色已经苍茫。我看见她不停地回望，但终究消失在了远方。

她是在第三天赶来的。来的时候，我快上下午课了，便匆匆去食堂为她打饭。我打了半斤饭两个菜，一个炸酱，一个红烧肉，一共一块五毛五。

"你一定要吃掉，我要上课了。"

下课的时候，母亲已经走了。饭盒里，炸酱没动，十块红烧肉还剩七块，整整齐齐地挨着。酱红色的浓汁，隐隐的油光，肥厚的肉块儿。为她吃掉了三块红烧肉，我开心得流泪。那时候，我一周只有五块钱的伙食费。那是我在五校第一次吃红烧肉，也是最后一次。

有一个黄昏，我到河埂上背课文，遇到了上次撑船的那个女子。她看着我说："那天你妈妈回去时，胶靴里都是水。我让她坐在床上，帮她使劲儿拽，半天才拽下来。我收不住势头，一屁股坐在地上，摔得不轻。靴子拽下来，也把她的眼泪和哭声拽了出来。她是哭着走回去的。"

她深深地看着我，又说："你妈那天给我带了三块红烧肉，那是我吃过的最好吃的红烧肉。你有一个好妈妈。"

我沿着河埂跑起来，我不要她看见我的泪水……

（摘自《读者》2020年第9期）

不立功，不下战场
CCTV 国家记忆

　　黄继光出生在四川省中江县一个贫苦农民家庭。抗美援朝战争爆发时，他刚满20岁。当征兵的队伍到中江县时，黄继光第一个在村里报名参军，成为中国人民志愿军的一员。

　　1952年10月，上甘岭战役打响。上甘岭战役开始第六天，志愿军已经丢失了全部表面阵地。为夺回失守的阵地，志愿军第15军军长秦基伟下令反攻。师长崔建功命令所有干部下派一级，全部到前线参加战斗。经过大半夜的浴血奋战，志愿军收回了537.7高地的全部阵地、597.9高地的大部分阵地，可唯独0号阵地久攻不下。

　　二营参谋长张广生和六连连长万福来带领3个小组，实施连续攻击，但3个小组人员很快伤亡殆尽。就在连长万福来向战士们喊"谁要一起上去"的时候，黄继光拦住了他。

　　为了让连长万福来继续指挥战斗，黄继光主动请求担负爆破任务，与吴三羊、肖登良组成了爆破小组，向敌军进发。

出发前，黄继光把早已写好的决心书，连同给母亲的信，一并交给了万福来。

在最后这封家书中，有这样一段："男现在为了祖国人民需要，站在光荣战斗最前面，为了全祖国家中人等幸福日子，男有决心在战斗中为人民服务，不立功不下战场。"

战斗中，黄继光和肖登良分别炸掉了敌人东西两侧的地堡，此时只剩下中间的地堡。敌人机枪扫射之下，吴三羊牺牲了，肖登良受伤后再也站不起来，只有黄继光拖着一条伤腿缓慢向前爬去。向着敌人的地堡，他奋力扔出最后一颗手雷，然而只炸塌了地堡一角。黄继光爬到地堡一侧，奋力支撑起自己的身体，左手抓住地上的麻包……望向冲上来的战友，黄继光用自己的身体堵住了机枪口。这时，六连的战士们冲出战壕，他们踏着黄继光走过的道路，冲向敌人的地堡，将子弹全部射向美国士兵。

1952年10月20日清晨，战斗结束了。清理战场时，战友们发现，黄继光仍然趴在地堡上，双手还紧紧地抠着地堡上的麻包，敌人的子弹穿过他的腹部，在背部留下了一个碗口大小的窟窿。战友们含着眼泪，将黄继光身上的血迹清洗干净，背部的伤口缝合好，并为他换上了一身新军装。

1953年2月26日，黄继光的遗体被运回祖国，安葬在沈阳抗美援朝烈士陵园。1953年4月，黄继光的母亲邓芳芝参加中国妇女第二次全国代表大会。会后，毛泽东紧紧握着邓芳芝的手，动情地说："你失去了一个儿子，我也失去了一个儿子，他们牺牲得光荣。"

在两年零九个月的抗美援朝战争中，有无数优秀的中华儿女献出了自己宝贵的生命。

（摘自《读者·庆祝中国共产党成立100周年特刊》）

去看大好河山的年轻人

叶倾城

暑假期间，朋友忽然问我在天安门看升国旗的事情。当时我正忙，随口说："太麻烦，别去了吧。"她毅然说："不行。这是我一年前给孩子许下的承诺。"

之前电影《无问西东》热映的时候，她带上初中的儿子去看，孩子对清华一见钟情，立刻确定了高考目标，誓要进入牛人的行列。朋友心中暗喜，嘴上却说："这志向太小了，你为什么不想上哈佛？"

不料，儿子板起脸来说："清华已经是中国最好的学校。如果它不是世界最好的，只因为它的历史还短。做科研出成绩都是需要时间的，百年树人，大师也不是一天就能练就的。"她第一次发现，儿子嘴角隐隐发青，那是即将长出来的胡须。已经高她一个头的儿子，此刻以成年人的姿态，庄重地与她对话。之前一整年，孩子都在为中考而拼搏。到了今年暑假，孩子是揣着好成绩出发的。

我的另一个朋友向我苦笑道："我被抛弃了。"这个夏天，她上大二的女儿要去新疆支教。女儿的学长们和新疆的一些支教机构一直有联系，每年暑假都会去开短期集训班，让当地的孩子们有机会听一下相对纯正的英音、美音，看一下物理、化学实验是怎么个做法。

每一个去过的人，回来后都会感叹，原来连一杯奶茶、一块鸡排、一张可以无限量借书的图书证，都是一种福利，并不是人人生而有之。支教对体能、成绩、性格、口才都有要求。朋友的女儿知道自己被选中后乐得一跳三尺高。但无数问题涌到朋友的嘴边，她问女儿："你们去多少人？你懂什么，能做什么？有水吗？有电吗？有 Wi-Fi 吗？"女儿终于忍不住大声叫停，她挺直腰板，像公司里新来的实习生一样，有板有眼地告诉妈妈："一切都已准备妥当。当地的学生，从来没机会看到现场版的英文戏剧。他们不会嫌我差，我也不用面对挑剔的观众，我们彼此都在给对方机会。"

我的朋友被说服了。万里疆土，女儿会看到什么、领悟什么，又会播种什么、留下什么，都不是她能干预的。当地图上的名词变成现实场景，当图片上的落日发生在眼前，她相信，女儿对"中国"的理解一定很不一样。

今年以来，我听到许多这样在路上探索、学习的故事。有人带着孩子进行古都之旅，将第一站定在了洛阳，两千年前东周就在那里建都。他们将终点定在北京，在陈子昂说的"前不见古人，后不见来者"之处。另一队我认识的年轻人在延河之旁驻下来。他们中，年纪最大的在读研，年纪最小的不过是初中生。

这些事情让我想到，爱是什么呢？是想了解，想触及，想拥你入怀。

爱人如此，爱国亦然。你怎能在这片土地上生长，却不知道每一寸土壤之名？若你不曾用自己的双足探索它，你怎么能发自内心地说："我爱这美丽的大国。"

（摘自《读者》2020年第6期）

放弃牛津的勇气

李 斌

选择到青海三江源，亲历一线保护工作时，李雨晗放弃的是来自英国牛津大学、美国哥伦比亚大学和杜克大学的 offer。

在北京大学119周年庆典上，作为毕业生代表的她第一次说出自己的这个决定。会后，一位老人走到台前找到她，说："姑娘，你的决定是错的，你将来一定会后悔的。"

按照罗德基金会的说法，李雨晗属于中国最优秀的一批学生。2017年12月2日，她获得了罗德奖学金，该奖学金素有"本科生的诺贝尔奖"之称。作为山水自然保护中心的研修生，她在青藏高原管理着三江源国家公园内的一个科学研究站。

李雨晗曾是北京十一学校的"年度荣誉学生"，后来又到北京大学元培学院读政治学、经济学与哲学专业（PPE）。就在那时，她确定要把动物保护变成终身事业。"对我来说，去三江源要比马上去上学更重要。"李雨晗说，她想看到一件事情具体的样子，不愿意只在想象中学习。

在三江源，她与同事开着车翻山越岭去找牧民，入户调查野生动物捕食牲畜的情况以及如何处理垃圾等问题。

藏民们"非常安详，一点也不着急"的生活态度让李雨晗很受触动。这个女孩儿明白：自己的人生不需要急急巴巴地过——赶快读完书，赶快找个好工作，赶快挣大钱。从漫长的人生来看，晚一两年没有什么。

在三江源，她看到了人、动物、自然的和谐与平衡。"我们所做的事情，就是鼓励和帮助当地人保护好环境，尊重他们，教会他们保护家乡的知识和技能。"

在三江源，李雨晗不会因来自大城市而产生优越感。"我完全不会这样想，我就是来向他们学习的，他们所具备的有关当地的知识是我没有的。"她这样给自己定位。

与藏民语言不通，李雨晗也会乐呵呵地聊下去。她认为，很多事情你要主动才能得到。在北京十一学校时，李雨晗曾负责接待一批获美国总统奖的来访学生。他们告诉她，到一个新的环境，最重要的是要主动和别人说话，否则别人可能会以为你害羞或因尊重你而不与你交谈。"我发现他们这样做，能交到很多朋友。"李雨晗说。

她所在的工作站坐落在一片平坦的草地上，有一个特别大的落地窗，窗外就是奔流不息的澜沧江。还有一个大大的玻璃顶，晚上躺在下面可以看到璀璨的星空。"卫生间则是广阔的天地，左边的小树林是男厕所，右边的小树林是女厕所。"李雨晗笑呵呵地说，"条件还是挺好的，没有想象中的那么恶劣，无非是不能洗澡，只要把这点克服了就好。"每次野外工作结束，她会坐4个多小时的车，回到玉树市区的工作站洗个澡。

危险虽有，但屈指可数。一次是开车去野外，天降大雪，路面结冰，李雨晗一路开得特别小心，害怕一不留神冲下悬崖。还有一次，她回到工作站却没有带钥匙，当时下着瓢泼大雨，雷电交加，周围没有人烟，一片漆黑。在等待同事回来的几个小时里，李雨晗待在车里，生怕一个雷劈过来。曾经还发生过一件事，当他们回到工作站时，发现玻璃门碎了，刚开始以为来了熊，特别害怕，后来发现是被牦牛顶坏的。经过此次惊吓，他们把工作站的门窗都加了一层铁丝网。

对于李雨晗的玉树之行，父母只是有点担心，害怕女儿一去就上了瘾，一待就是三五年。至于其他问题，他们很放心。李雨晗出生在大学教师家庭，从小沐浴自由之风，即便读小学时，父母也会给她自己选择的机会，很少干涉。

喜欢看书和旅游、不看电视剧和动漫的李雨晗，敢于暂时放弃留学而选择前往三江源，还得益于学校教育。"怎么样把想法转化为行动，是需要一点勇气的。"她说，"十一学校给了我向前闯的勇气，而北大和中学母校很相似。它们都为学生提供多种可能性，通过一次次的活动让你积累经验，最终你会明白，你的一些想法是可以通过努力变成现实的。"

从2018年9月开始，罗德学者李雨晗将在牛津大学深造，攻读生物多样性、自然保护和管理的硕士学位。但她喜欢待在三江源，一回到玉树市区就不自在，想去野外。在一篇文章中，李雨晗写道："这几个月来，我渐渐地可以自己独立爬山，也学会如何在冰天雪地中捡牦牛粪生火做饭。现在，有人会把我认成藏族姑娘，我想这是一个好的变化，说明我和这片土地越来越熟悉了。"

（摘自《读者》2018年第6期）

世界上最困苦的艺术学院

胡松涛

　　1938年的初冬,青年作曲家冼星海,自上海来到延安鲁迅艺术学院(以下简称"鲁艺")任教。一直过着颠沛流离生活的冼星海,遇见一个崭新的世界,他兴奋起来、燃烧起来,进入一生中最重要的创作阶段。

　　1938年11月,光未然带领抗敌演剧三队,从陕西宜川县的壶口附近东渡黄河,转入吕梁山抗日根据地。光未然途中亲临险峡急流、怒涛漩涡、礁石瀑布的险境,目睹了黄河船夫们与狂风恶浪搏斗的情景,聆听了悠长高亢、深沉有力的船夫号子,感慨万千。1939年1月抵达延安后,光未然一直酝酿着长诗《黄河吟》。1939年2月18日,除夕夜。在延河边上的一个窑洞里,词作家光未然朗诵了400多行《黄河吟》。

　　冼星海听完,霍地站起来,一把将诗稿抓在手中:"这首诗由我来谱曲,我有把握把它谱好。"光未然知道冼星海谱曲时有吃水果糖的习惯,可是满延安没有一个卖水果糖的,光未然好不容易找到一个卖白砂糖的,一元一斤,便买了两斤给冼星海。《黄河吟》长诗为天才的飞腾提供了有力的跳板。冼星海一边拿着自动铅笔写谱,一边抓白砂糖吃,转瞬间,砂糖化为美妙的乐章。没有钢琴,作曲家打着手势,摇头晃脑地哼唱,眼睛熬红了,头发散乱了,嗓子沙哑了。在第五天晚上,他放下手中的铅笔。延安的天空响起云雀的歌声。很快,大合唱的名字被改为《黄河大合唱》。

鲁艺美术系的钟灵说:"唐朝的王勃是饮墨而写诗;冼星海是一手吃白糖,一手写了《黄河大合唱》。"

鲁艺音乐系的王莘说:"冼星海老师拥有一支神笔,这支神笔就是他手中的那支自动铅笔。"

鲁艺被称为"世界上最困苦的艺术学院"。这里没有大提琴、小提琴和竖琴,更没有钢琴。演奏《黄河大合唱》的乐器不够,鲁艺音乐系的师生就自己动手做。洋油桶蒙上晒干的羊肚皮,插上一根一米多长的木头作琴杆,又从饲养员那里讨来马尾毛作弓毛,做成了延安历史上第一把低音胡。茶缸里装上沙粒做成沙锤,把钢勺子放在水缸里搅动出水声、波浪声……这些"土乐器"为《黄河大合唱》的伴奏做出了巨大贡献。

《黄河大合唱》首演成功,引起轰动。毛泽东看了演出后,特别高兴,站起来使劲鼓掌,连声说:"好!好!好!"并把自己的从前线缴获的一支派克钢笔和一瓶派克墨水赠送给冼星海。周恩来也为冼星海题词:"为抗战发出怒吼,为大众谱出心声!"最令人印象深刻的是,爱国将领邓宝珊从榆林路过延安时,毛泽东举办了一场欢迎晚会,500多人参加演出,冼星海要同学们把能用的乐器全都用上。当幕布一拉开,《黄河大合唱》那雄壮嘹亮、气势磅礴的歌声和锣鼓齐鸣的阵仗,把邓宝珊将军吓了一跳,他霍地站了起来,泪流满面……

王莘担任《黄河大合唱》中《河边对口曲》王老七的领唱。他对冼星海说："《黄河大合唱》表现了中华民族阅尽苦难后排山倒海的力量。"冼星海沉浸在自己的世界中："可惜缺一架钢琴伴奏。"钟灵在一边听见了，没大没小地说："老师，我给你画一架钢琴吧。"冼星海自言自语道："我要把《黄河大合唱》改编为钢琴协奏曲……"

1939年年底，王莘要毕业了，冼星海拿出一支铅笔。这令王莘眼睛一亮。在延安是买不到自动铅笔的，连普通的铅笔都没有，鲁艺的师生"享受"特殊待遇，两三个月才发一支铅笔。冼星海说："我用这支笔写出了诸多作品。你要毕业了，我把它送给你，希望你也用它写出鼓舞人心的音乐作品。"10多年后，王莘用这支笔谱写出了热情豪放、气势雄伟的《歌唱祖国》。

1941年春天，鲁艺响起"月光流水"的钢琴声。"月光"是指光未然作词、冼星海作曲的《月光曲》，"流水"指的是《黄河大合唱》中的"流水"。这是延安的土地上第一次"生长"出钢琴的声音。

钢琴来自重庆，一位爱国人士赠送给周恩来的。周恩来知道鲁艺缺少钢琴，就派人费尽周折，翻山越岭，把这架钢琴送到了延安。整个抗日战争时期，延安唯此一架钢琴。

这架古老的德国钢琴成为鲁艺的宝贝，在教学、演出和创作中发挥了无可代替的作用。鲁艺有资格使用这架钢琴的只有3个人：音乐系老师寄明、音乐系助教瞿维和周楠。延安的音乐会上从此有了钢琴演奏，贝多芬、肖邦、门德尔松等人的作品在山沟沟里回响。寄明因为演奏这架钢琴，获得"延安第一位女钢琴家"的赞誉，她后来的代表作有《我们是共产主义接班人》。

音乐系的学生都想上琴练习，领导怕大家"乱弹琴"，把这个"宝贝疙瘩"弄坏了，平时就锁在教室里，大家只能望"锁"兴叹。每当琴声响起，鲁艺的许多师生都会停下脚步，或者悄悄站在窗外倾听。有些同志说："我们只有抬钢琴的份儿，别说弹了，连摸一下琴键的机会也没有。"

"抬钢琴"是怎么回事呢？原来，鲁艺的师生往往要到十几里外去演出，因为没有车辆，音乐系的马可、安波等同志便组成了义务搬运队，负责搬运钢琴。于是延安的小路上常常可以看见一群艺术家小心翼翼地抬着钢琴，挥汗如雨地赶路……

1947年3月，胡宗南率领20多万大军进攻延安。中共中央决定主动撤离延安。毛泽东对大家说："存地失人，人地皆失；存人失地，人地皆存。"由于携带钢琴不方便行军打仗，鲁艺音乐系的同志只好把心爱的钢琴连同一些唱片、书籍和乐谱等藏在深山沟中的一孔窑洞里，把窑洞封了洞口，在洞口种上山丹丹、移来马兰草，还栽了一棵柳树做标志。

"我们是黄河的儿女，我们艰苦奋斗，一天天地接近胜利！"鲁艺人唱着《黄河大合唱》，慷慨悲歌上战场，去迎接最后的胜利。

（摘自《读者》2021年第19期）

院士的爱情
酷玩实验室编辑部

1

其实，刚开始，很多人都不同意这门亲事。因为，杨芙清实在太优秀了。

杨芙清从小就极其聪明，在数学上尤其有天赋。1953年，王阳元刚刚进入北京大学，杨芙清已经是学校里知名的"数学女神"。她还酷爱武侠小说，梦想成为一名除暴安良的侠客。

除了进校比王阳元早，知名度比王阳元高，杨芙清的家境也比王阳元的好。用王阳元的话说就是，"当时我穿鞋都露脚趾呢"，杨芙清却可以将父母给的生活费省下来资助王阳元的弟弟妹妹。

杨芙清认准了王阳元，这在亲朋好友之间，引起一场不小的风波。"才貌双全的杨芙清，选定了一个穷大学生？"

这个男人的魅力，别人不懂不要紧，重要的是杨芙清懂。这个看起来一无所有的男人，敢向当时全球最霸道的美国叫板，像极了武侠小说里的侠客。

故事起源于1947年，美国贝尔实验室率先发明出晶体管。20世纪50年代后期，美国出现了一种新型半导体集成电路。学物理出身的王阳元，当时敏锐地觉察到，未来将会是集成电路的时代。从此，王阳元将集成电路的研究，作为自己的事业。

而作为集成电路的发明者，美国掌握着从设计到制造的所有核心技术，出于军事目的大力发展集成电路产业、资助该领域的研发人员，并严格控制该技术的对外传播。当时正值中美两国交恶，美国将中国视为"敌对国家"，对中国不仅进行经济上的制裁，还进行了全方位的技术封锁。中美之间的对立，一直持续到20世纪70年代。

也就是说，王阳元要做的事，是明知不可为而偏要为之。因为，这件事，中国必须有人来做。接下来的大半个世纪，王阳元开启了他"破壁大师"的人生。

当时国内集成电路事业刚刚起步，处于三无状态：没有专用设备、没有厂房、没有技术。为了尽快掌握集成电路技术，王阳元带领数百名专家日夜攻关。

1975年，在缺少设备和技术资源的情况下，王阳元团队一举打破了当时只有美国、日本才能制造1024位MOS动态随机存储器的纪录。

要制作集成电路，就需要发展材料科学。随后，王阳元开展了多晶硅薄膜物理和MOS绝缘层物理研究工作，并主持建设了我国第一个国家级微米/纳米加工技术重点实验室。

光有硬件是不够的,这就好比有了汽车但是没有驾驶员。20世纪90年代初,王阳元主持研发"熊猫系统",打破了美国在超大规模集成电路计算机辅助设计系统上的技术封锁。2000年,王阳元和同事们创立了中芯国际,成为大陆第一家实现14纳米晶圆代工企业,代表中国大陆自主研发集成电路制造技术的最先进水平。麒麟710芯片,就是由中芯国际代工的。

此举也被世界知名学术杂志《半导体国际》评价为"把中国与全球权威者的差距,由原来的4至5代缩小到仅剩1至2代"。如今,80多岁高龄的王阳元依旧精神矍铄,奋斗在中国芯片研究的第一线,仍然斗志昂扬,"不攻克这个难关死不瞑目"。

杨芙清看中的不是一个穷小子,而是一个无所畏惧、永远年轻的侠客!

但是王阳元说,杨芙清是他的老板——在学校是工作上的老板,在家里是家庭关系的老板。

2

杨芙清不用任何人衬托,在她的名字前面,不需要冠以"某某人的妻子"。她是波澜壮阔时代中的另一位侠客。

1956年,周恩来总理主持制定了"十二年科学发展规划",首次把发展电子计算机作为国家重大任务,并决定派出代表团赴苏联学习计算机技术。杨芙清,作为第一批被选定的留学生,成为中国计算机发展的希望。

中国当时没有专门的计算机操作系统教材,她根据作业系统研制实践经验而编著的《管理程序》,成为中国计算机系统研究者的第一代启蒙教材。

历史的重担，就这样落在她的肩膀上。她创办了中国第一个软件工程学科，开创了软件技术的基础研究领域。

在20世纪90年代，杨芙清带着22所高校和科研单位的330多名科技人员开发的青鸟系统，被评价为"在系统规模及技术水平上达到国际先进水平"。她也是一个拉着国内高新科技与世界同行赛跑的人。

王阳元搞硬件突围，杨芙清开始搞软件突围。

1949年以前，全世界都认为中国是一个"贫油国"。但是1949年以后，我国陆续发现了克拉玛依、大庆、胜利等油田，不仅逐渐实现了"石油自由"，还成了石油出口五大国之一。

石油勘探的几大步骤中都有野外数据采集、资料处理、资料解释等流程，需要对海量数据进行计算，没有高性能计算机，就只能靠最原始的手段大海捞针、碰运气。

1969年12月，国务院正式向北京大学下达了一项任务——研制每秒运算100万次的大型计算机（150机）。面对美国和苏联的封锁，作为中国第一批计算机专家，杨芙清扛起了中国自主研发高性能大型计算机的重担。她带领着研发团队，在技术资料极度匮乏的条件下，日夜奋战，终于在1973年成功研制出我国第一个支持多道程序运行，规模大、功能强的计算机操作系统（150机操作系统）。

两年后，王阳元团队制造的1024位MOS动态随机存储器问世。

硬件与软件互相依存。计算机硬件与软件的产生与发展本身就是相辅相成、互相促进的，二者密不可分。硬件与软件，缺少哪一部分，计算机都是无法使用的。这像极了王阳元和杨芙清之间的关系，这是科学家之间特有的浪漫。

3

要说两个人之间最浪漫的事情，就不得不提王阳元在1956年年底入党那天。

当时王阳元按捺不住内心的激动，第一时间就想到把这个好消息告诉自己爱恋的女同学杨芙清。已经入党的杨芙清听到了，很高兴，也更加明白了这个男生的心思。然后，杨芙清说了6个字："我们是同志了。"王阳元听了，也异常激动。

没有经历过那段岁月的人，根本体会不到这简简单单、平淡如水的6个字背后，蕴含了多么深厚的感情和多么深刻的含义。

年轻人的爱情虽然甜蜜，但生活很苦。

王阳元和杨芙清结婚的时候，仪式简单得不像样！两张单人床并在一起，就当婚床了；书箱子摞起来盖上一块红布，上面再放点小玩意儿，就当布置洞房了；他们甚至只花了几元钱买喜糖招待亲友。

王阳元和杨芙清曾清贫到要翻箱倒柜变卖东西换钱买米。不过，即使生活困难，杨芙清宁愿喝不见油花的清汤，啃硬邦邦的窝窝头，也要省下钱购置科技书籍。

61年间，王阳元先后培养了26名硕士生、59名博士生和18名博士后，这些学生现在都已经是国家级重点实验室的骨干。

杨芙清共培养了150余名硕士、博士和博士后，其中不少人已成为学术界的知名学者、学科带头人，或产业界的领军人物。在她的支持下，政府投入经费最多、持续时间最长、规模最大、涉及人员和单位最广的国家级软件技术研究项目"青鸟工程"启动，并一直运转至今。

两个人在一起，最关键的是什么？是互相支持，互相成就。王阳元和杨芙清，给我们塑造了一个非常好的爱情榜样，那就是：存有一点理想主义，保持一点情怀。

（摘自《读者》2021年第18期）

夜空中最亮的星

张 述

1

邓婉馨是2016年美丽中国支教招募海报的主角———一件红毛衣配以粉笔勾勒出的教案、博士帽和披风，出现在各大高校的校园中，身旁是招募口号：谁说支教大材小用。

身为"90后"，邓婉馨的外表比实际年龄小很多。白皙的脸庞上，纤细的眉眼总透着笑意，却在支教的两年间哭过无数次，因为工作压力，因为学生的顽劣，也因为对自身能力的怀疑。只是，她从未动摇过。

她自幼在父母老师的呵护下长大，始终扮演着"别人家的孩子"的角色，直到高三毕业填报志愿，才第一次发现其他同学都有想去的学校和专业，自己却从不知道想要什么，突如其来的委屈使她在母亲面前大哭起来。考上中山大学之后，"寻找自我"成了邓婉馨在学业之外孜孜以求的目标。她参加了许多社团组织，也尝试了各种活动，大二那年的短期支教使她体会到前所未有的成就感。一年后，她在一次宣讲会上遇到美丽中国支教，"一见钟情"的感觉更使她确信，这就是自己想要的。

因为父母的强力阻挠，邓婉馨没能在本科结束后立即支教，而是去香港大学读了教育专业的研究生，这是她"曲线救国"计划中的一环。2014年邓婉馨研究生毕业，父母终于被她的执着打动。24岁生日那天，她向美丽中国支教项目递交了申请，并在几个月后正式成为一名支教老师。

2

暑期学院让邓婉馨感到前所未有的忙碌与充实。一个多月里，她每天备课到深夜，最少时只睡三四个小时。

那段时间，她在微信朋友圈发了一条信息："我从来没有像在这里这样，无论睡多少，每天都精神饱满，无比投入，幸福感、成就感爆棚。每天清晨五六点就被自己热爱的工作叫醒，每天都生活在一个有着蓝天白云、满天繁星、虫鸣蛙叫的地方。每天都更加坚定，对自己也更加认同。"

她用最短的时间记住了所有学生的名字，对他们每个人的个性特长了如指掌，培训结束后还给每个人写了一封信。那时的邓婉馨对未来的支教生活满是憧憬：短短一个月自己就做了这么多，接下来的两年里，肯定可以对学生们产生更为深远的影响。

美妙想象在抵达幸福完小后戛然而止。学校的名字并未给邓婉馨带来好运。这里位于云南省临沧市云县，全校学生有1200多人，邓婉馨一个人要给8个班300多个孩子教英语。她的第一反应是:"疯了,我怎么教得过来?"

庞大的班级规模是云南乡村学校面临的普遍问题。大部分农村学生都集中在当地几所中心学校,每班50多人的规模再正常不过。潮水般的繁重工作迅速淹没了邓婉馨。最初那段日子里,她早上6点半起床,晚上12点以后入睡,每天批改100多本作业,还手工做了数以百计的便签、卡片和海报用作教具,编写了好几版学习手册,短短一两个月她就患上腰椎间盘轻度膨出。她一度压力大到快要崩溃,连着好几天深夜把自己关在屋里,孩子一样号啕大哭。一同支教的队友见了哭笑不得。

课堂管理也是不容忽视的挑战。"农村学生都勤奋刻苦"不过是人们一厢情愿的美好想象,希望工程海报上的大眼睛女孩只是少数,大部分孩子都贪玩淘气。

邓婉馨的学生连26个英文字母都记不全。"有的时候,特别希望你们能进步得快一点,再快一点。"在美丽中国支教宣传片中,镜头前的邓婉馨红了眼圈,声音也开始颤抖,"但你们还太小,可能不知道老师为什么这么着急,想要你们的基础打得好一点,再好一点。"她双手捂住脸,又哭了。

3

但是没人退缩。不能因为学生不学,自己就不去教,这是老师们最简单的想法。

邓婉馨改变了思路,不再像以前那样试图全方位影响每个学生,而是先争取让尽可能多的孩子在课堂上有收获。一个年级6个班,她针对每个班级设定不同的教案，光是英语课上的游戏就尝试了很多种，还在课堂之外创办了英语兴趣班，每次都介绍当月的一个节日，以及与节日相关的单词、故事，再组织孩子们唱英文歌、表演英文节目，在月末召开的英语晚会上演出、做游戏。不少表演节目的学生一开始会紧张，后来逐渐敢于展示自己，直至乐在其中；更多的孩子则通过观看晚会对英语产生了兴趣。最后一次兴趣班，她做了80多页PPT，用100多张照片回顾整个学期的活动，很多孩子看哭了。

回顾那段时光，最让她自豪的莫过于，无论沮丧、无奈，还是被气得浑身发抖，两年里她没有放弃过300多个学生中的任何一个。支撑她的是项目主管的话："改变不一定会发生在你教他们的时候，种子种下了，也许再过段时间才会发芽。"

好几个男生被认为"没救了"，当地老师都劝邓婉馨，不必对他们白费力气。连学生自己都会直截了当地对她说："老师，我笨，我不行，我就是记不住。"邓婉馨还是想试试。她把每个英文句子拆分成容易完成的短语，学生每答对一个就大加鼓励。如果还是不会就反复教，终于使这些学生逐渐对英语产生了兴趣。有的学生开始两眼放光地积极举手，回答问题的声音也越来越大。两年过去，全年级的英语平均成绩从50多分提升到80分乃至90分。

支教即将结束时，邓婉馨作为优秀老师的代表做了一次公开演讲，绘声绘色地讲了个童话。大森林里开学了，老师给小动物们举行了一次"公平"的入学考试：爬树。小猴很快爬上去了，小狗慢腾腾地也爬上去了，小象用鼻子吊起自己，勉强过关，只有小鱼费尽力气也只能跳离鱼缸。大家都嘲笑它无能，小鱼也觉得自己笨极了，以至于在后面的游泳课上也表现平庸，彻底没了自信。

"这样的故事每天都在现实中上演。我们有多少人像这条小鱼一样，被并不适合自己的标准评判着，被怀疑，被否定，然后自我否定、逐渐丧失信心了呢？其实无论是孩子还是大人，更多的关注与肯定，更多的鼓励和宽容，也许都将让他们重新认识自己、发现自己：原来我是可以的。"

4

为什么要支教？两年过去，老师们都有了自己的答案。

自身的成长是最大收获。邓婉馨为主角的那幅招募海报上，记录着她的一段话："我也怀疑过来这里的意义，但当我目睹孩子们从自卑到自信的转变，看到他们对知识满怀期待的小脸，就知道一切都是有价值的。只是我从未预料到，努力打破他们局限的时候，我自身的局限也被打破了，这真是一种奇妙的体验。"

2016年夏天，邓婉馨在结束支教后再度参加了暑期学院，这次是担任培训主管。和当年一样，每天十几个小时都在培训，大脑始终高速运转，每天回去沾床就入眠，一觉睡到天亮。"你问我累吗？当然累。但你问我苦吗？真的不苦。"两年时间，面临着陌生环境，老师们要独立解决一系列问题：如何做好教学工作，如何与孩子们相处，如何适应在乡村的生活，如何处理与当地老师、学校乃至官员的关系……这些都锻炼了他们各方面的素质：勇气、毅力、领导能力、沟通能力、生活能力……回顾那段艰难的岁月，邓婉馨发现那也是自己成长最迅速的时期，因为生怕误人子弟，她强迫自己不断地反思、成长、摸索和尝试，全力突破局限。后来，她成了临沧市英语学科负责人，负责教师职业发展会议上的设计和主讲，反馈好评率达90%以上；还代表临沧市的小学英语老师参与教学比赛，同样获得好评。

乡村生活固然艰苦，留在她心底更多的却是种种美好瞬间。晨起在田野间散步，可能遇到漫天飘洒的细雨，低垂的云朵萦绕在连绵的青山间，夜晚则是万千星光在天穹中熠熠生辉。每个老师都有过类似的欢乐记忆：在绵绵细雨里参加彝族的火把节，在路边摊上大碗喝羊肉汤、大口吃烤串，穿着民族服饰和乡民围着篝火"打跳"，新年被当地的老师和家长轮流请去吃杀猪饭，在大丽线路旁的小店里高声谈笑，在山中密林里寻觅鸡菌，在午夜的小镇街头放声歌唱，在简陋的宿舍楼里彻夜谈论未来、教育和理想。

支教老师们最喜欢的歌是《夜空中最亮的星》，演唱它的乐队"逃跑计划"也成了美丽中国支教的支持者。在老师们看来，每晚生活在这样的星空之下，是生活中最大的美好。

"我们来自山川湖海，为了孩子、星空与爱。"邓婉馨写道。

（摘自《读者》2019年第23期）

医者仁心

黄　翔/演讲　徐　蓓/整理

三个问题

我是一名脑外科医生，主要工作是为病人进行脑部手术，驱除病痛。在所有的外科科室中，脑外科应该算是最苦、最累的，挑战性也是最强的。为什么？因为大脑实在太复杂了，而且大脑对人而言也太重要了。你爱一个人、恨一个人，或者忘记一个人，你的喜怒哀乐、七情六欲全是由大脑控制的。

因为大脑是如此神秘，所以，作为一名脑外科医生，经常会有病人问我各种问题。我总结了一下，问得最多的问题有以下三个。

第一个问题："大脑是不是真的像豆腐一样？"

对于这个问题，我想回答得严谨一些。一般来说，大脑比较柔软，可以变形，易于牵拉，有一定的韧性，不容易出血。但是，每个人的大脑是不一样的，有些人的大脑像嫩豆腐，一碰就出血，一碰就碎。所以在手术中，遇到这一类大脑，止血非常困难，要用特殊的止血材料才能把它压住。有时候，即使在手术台上止住了血，回到病房后可能又会出血。这个时候怎么办？只能让患者回到手术台上再开一刀。

第二个问题："脑瘤是什么样的？"说实话，很多脑瘤长得和脑细胞很像。肿瘤是怎么来的？肿瘤是正常的身体细胞突变而成的，所以它和正常的细胞组织属于一母同胞的"兄弟"。这就给脑外科医生带来一个问题——我们在做手术时必须把肿瘤和大脑分清楚。

怎样才能做到这一点呢？一方面，依据外科医生的经验，这非常重要。但经验和能力是主观的，不一定靠谱。另一方面，就要靠神经导航系统。我们现在开车很多时候靠导航，开刀同样也需要导航。我们给大脑开刀，首先要通过神经导航系统，找到肿瘤在哪里。其次，我们可以选择一条最合适的开刀路径，确保最低程度地伤害大脑，并且最大限度地切除肿瘤。而当我们开刀的时候，一旦偏离了手术路径，导航系统就会发出警报。最后，神经导航系统还能告诉我们肿瘤有没有被切除干净。

第三个问题："你已经做过很多手术了，还怕不怕？"说句实话，刀开得越多，我胆子越小。到目前为止，我开刀已经超过6000例，但我现在变得胆小如鼠。为什么？有两个方面的原因。第一，你开刀越多，你见过的并发症就越多。所以，每次开刀，我都会害怕这些并发症出现。第二，我越是了解大脑，就越是对它敬畏。我有时摸着它，会觉得它就是一个宇宙。现代科学对于大脑的认知还处于比较初级的阶段。2018年，《科学》杂志上曾经刊登了一篇论文，科学家终于弄清楚了果蝇的大脑结构，一个果蝇的大脑里约有10万个神经元。那么人的大脑里有多少个神经元呢？860亿个。科学家们到现在还不知道大脑是怎样处理数据的，到目前为止，我们离大脑的真正开发还非常遥远。

我一边开刀，他一边背诗

经常有朋友对我说，你们脑外科与我们的日常生活离得比较远。我觉得这其中有些误会，其实脑外科与老百姓的健康息息相关。

比如，现在我在演讲，一个人的讲话就是由大脑的语言功能区控制的。语言功能区在哪里？在太阳穴稍微后面一点的地方。如果你是用右手写字，你的语言功能区就在左边；如果你是左撇子，用左手写字，你的语言功能区则在右边。

假如一个人不幸长了肿瘤，而且肿瘤长在语言功能区，那么只有一个办法，就是开刀切除肿瘤。

为了保护语言功能区，医生必须把肿瘤识别出来。怎么识别呢？刚才我提到的神经导航系统，可以对肿瘤进行大致的识别。但具体到每一个人，语言功能区都是不一样的。比如，说汉语的人和说英语的人，语言功能区就不一样。假如你会说汉语，又会说英语，还会说点上海话和广东话，那么语言功能区又会不一样。病人到了手术台上，医生怎么去判断这个病人的语言功能区到底在哪里呢？

曾经有一个病人，他是一所中学的语文老师，他的脑瘤就长在语言功能区附近。一开始他去当地医院看病，医生对他说，你开了刀以后可能就不会说话了。他心想，如果真这样就不能再当老师了。他不甘心，于是找到我们，希望我们能够保留他的语言功能。

说实话，我们也不能给他保证，只能尽力而为。因为他是语文老师，所以开刀那天，我跟他说好，我一边开刀，他一边背诗。于是，我开刀的时候，他开始背诗："白日依山尽，黄河入海流。欲穷千里目，更上一层楼。"背完一首，再背一首。为什么要这样呢？因为只有不断刺激他的脑回，才能确定他语言功能区的位置。我把他所有的语言功能区的脑回位置做好标记，然后从非语言功能区进入，把肿瘤切除了。开刀以后，他一开始不大会说话，但是能发出一个个单音节，能讲自己的名字。术后一个月，他讲话沟通基本上没有问题了。术后3个月，他又回到学校当老师了。

医生的职业成就感，无法用语言表达

作为一名医生，最开心的时刻就是看到你的患者经过治疗重新好起来，那种职业成就感是无法用语言表达的。当时，我做这台手术花了7个多小时，没下过手术台，也没喝一口水，肚子饿坏了。但是看到这位语文老师重返工作岗位，我觉得还是挺值得的。

我再举一个例子。有一天我刚开完刀，突然接到一个陌生人打来的电话。对方是个男的，他很激动地说："我老婆给我生了个大胖儿子，谢谢你！"我一下子没有反应过来，正准备挂电话，对方急了："黄医生，我是病人家属，我老婆两年前在你那里做过垂体瘤手术，你还记得吗？"我才突然想起来。

这对夫妻刚来医院的时候，看起来关系不太好。因为他们结婚多年一直没有孩子，查来查去，双方都没问题，吃了很多年的药，还是没有孩子。后来，一个比较有经验的妇产科大夫建议他们去做头部核磁共振，结果

确诊妻子患有垂体瘤。这个微创手术是从鼻子里做的，创口很小。做完手术一年多，他的妻子就怀孕了。

原来，脑垂体虽然只有1.5厘米左右大小，却掌管着全身的内分泌功能，也包括生殖系统的内分泌功能。脑垂体通过分泌激素，就像把一份份文件从上往下传递，告诉卵巢什么时候排卵，告诉子宫什么时候来月经。而一旦垂体上长了肿瘤，激素不分泌了，生殖系统也就无法正常运转了。肿瘤被摘除以后，一切又恢复了正常。

所以说，我们脑外科并不神秘。大脑和人的生活是息息相关的，我们与老百姓的健康和生活也是息息相关的。

为什么很多外国医生来这里学习

在过去的10年里，我经常被派往世界各地学习，去交流脑外科的治疗技术以及进展。

2019年是中华人民共和国成立70周年。其实，共和国的70年历程，也是中国的脑外科事业飞速发展的70年。20世纪50年代，我们向苏联学习，请苏联的神经外科医生到上海来开刀。当时开了七八台手术，很多肿瘤都是用手抠出来的，死亡率比较高，因为当时我们对脑外科的认知水平还处于比较初级的阶段。

而今天，我们医院一年的手术量达到了1.6万台，这个数字还在不断增长。这样的数量，在全世界的排名都是数一数二的。不仅如此，我们在脑肿瘤、脑血管病、颅底外科、功能神经外科等领域都位于世界前列。

以前，我们派医生到国外去学习新的技术，回来引进技术和设备，为中国人民服务。现在，我们成立了神经外科学院，吸引了全世界的医生到上海来学习脑外科新技术，其中包括韩国、日本、德国、意大利、英国、美国等发达国家的医生。

为什么越来越多的外国医生都来这里学习呢？因为外科是一门实践的学科，你做的手术比别人多，你做的手术比别人好，人家自然会虚心向你学习。当然，今天我们取得的这些成就，是几代中国脑外科医生共同的心血。

要做一个好医生，真的很难

外科是实践的学科，外科医生是一刀一刀练出来的，外科事业也是拼搏出来的。只有吃得了别人吃不下去的苦，才能开别人不会开的刀。但是这个苦，有的时候真是太苦了。因为做医生本来就不容易，要做一个好医生，真的很难。

我的父亲也是一名医生，但是当年，他曾经坚决反对我当医生。那一年，我填写高考志愿的时候，他明确表示不许我填写医学院校。但是，那个时候的我比较叛逆，年少轻狂，并不理解父亲的苦心。我心想：你自己做了30年的医生，为什么不让我做医生？所以，我不顾他的反对，人生第一次完全按照自己的意愿填写了高考志愿。

我的第一志愿是复旦大学医学院，第二志愿是厦门大学医学院，第三志愿是福建医科大学。填完以后，父亲看了我的志愿表，神情很复杂，但没有说什么。从第二天开始，他一改原先的反对态度，带着我去争取复旦大学医学院的推荐表。后来因为分数够了，推荐表也没用上。这件事我记了一辈子，因为他告诉我应该怎样去做一个好父亲。

后来我参加工作，做了十几年的医生，深刻体会到了这一行的艰辛。

一年365天，没有节假日，每天都得去医院看病人，经常36个小时乃至48个小时不合眼。

这个时候，我才体会到父亲的苦心，也知道了他当初为什么反对我当医生。不是因为他不爱医学，更不是因为他不爱我，而是因为他舍不得。如果将来有一天，我的孩子也跟我讲，爸爸，我要报考医学院，我想我也会舍不得。但我也会像我的父亲一样，尊重且支持孩子的选择，并尽自己的努力去帮助他实现梦想。因为，当医生，一直都是一件对的事、好的事。我还会以身作则地告诉他，怎样做才算是一个好医生。

（摘自《读者》2020年第9期）

他们为什么去延安

戚颖璞　束　涵

"延安是世界上最艰苦的地方，但也是世界上最快乐的地方！"

"延安的城门成天开着。成天有从各个方向走来的青年，背着行李，燃烧着希望，走进这城门。"这是现代诗人何其芳亲历的延安。

20世纪30年代末，延安城有着不一般的热闹。那时的延安，只是一座边塞小城，环境恶劣、物资匮乏，却像一块巨大的磁石，吸引着全国青年竞相奔来。据统计，1938年至1939年间，来延安的学者、艺术家和知识青年大约有6万人。

他们为什么要去延安？

800里旅途：革命生涯第一课

中国社会科学院原秘书长吴介民回忆，出身于地主家庭的他，"从小过着饭来张口、衣来伸手的'少爷'生活。到了读中学的时候，受到进步思想的启蒙，渐渐关心时事。眼看国民党达官显贵贪污腐败，欺压百姓，强取豪夺，而广大民众食不果腹，衣不蔽体，挣扎在死亡线上"，这让他陷入深深的忧虑，在中华民族面临生死存亡的关头，出路究竟在哪里？这时，吴介民读到埃德加·斯诺的《红星照耀中国》，心中豁然开朗，他得出结论：只有中国共产党才是抗日救国的中坚力量。

《山东画报》原副主编、作家白刃当年和队友们从西安城出发时，身穿新军装，心中充满了兴奋。然而，第一天的行军就给了他们一个"下马威"，他说："一开始不适应西北的气候。汗水从额头流到脚上，棉衣裤的里子全湿掉了，贴在身上，又厚又沉。"

一路上，还得时刻提防来自国民党的"诱惑"和阻挠。有亲历者回忆，在西安的前一站，就有几名穿军装的人走进车厢，拉青年学生去国民党西北战地服务团。"他们走到我们跟前，看我们身穿一身河南土制紫花布的学生装，就用西北战地服务团每月发津贴、发军装，还有上前线等抗日青年向往的东西引诱我们去。"

白刃和队友们也遭遇了检查。那时，国共摩擦刚刚开始，国民党人员还不敢太放肆，看他们态度坚决只得作罢。1939年年初，随着国共关系逐步恶化，蒋介石亲自提案的《限制异党活动办法》开始施行，国民党顽固派设置重重关卡，检查站动辄抓人，阻拦进步青年出入陕甘宁边区，并对他们进行肉体和精神的双重折磨。

这些奔赴延安的知识青年，尽管在政治思想认识上程度不一，有的已经是党员，有的还懵懵懂懂，但有一点是共同的，那就是他们不但爱国，而且更倾向于革命。对比国民党的腐朽反动、消极应战，延安这片热土成为他们梦寐以求的革命圣地。

身体经受考验，热情与斗志却依然昂扬。"开始大家三三两两地掉队，一踏进兵站就躺倒在地铺上，再也不想动弹。到了第三天，虽然要翻几座高山，但我们已逐渐适应长途行军，又开始有说有笑，歌声不断。"福建省科协原副主席、原党组副书记张道时和他的队友回忆道。

路上的一幕令他们感慨万千。"我们多次遇上国民党抓的壮丁队，都是几十人或成百人一队，用绳索捆绑着连接成一串，押送到部队里当兵。一个个衣衫褴褛、面黄肌瘦、面容憔悴。"一边是南去的壮丁队，一边是正昂首阔步向北走的队伍，这样的对比让他们不由得感叹："多么截然不同的两条道路啊。"

冒着风险长途跋涉而来的年轻人，一见到延安的宝塔山，便觉得一脚踏进了天堂。"宝塔山当时在我们心中，就是光明的象征。所以看到宝塔山我们激动得不得了，很多同志都哭了，流下了热泪。因为千里迢迢，我们冒着生命危险来投奔党——母亲的怀抱，所以特别激动，跳啊，蹦啊。"中央歌舞团原副团长孟于回忆道。

十几所干部学校："磨刀石"洗涤思想

抗日军政大学旧址坐落在延安中心城区，建设风格颇具古韵。80多年前，这里是人们心中的"磨刀石"。

"抗大是一块磨刀石，把那些小资产阶级的意识——感情冲动、粗暴浮躁、没有耐心，等等，磨它个精光；把自己变成一把雪亮的利刃，去革新社会，去打倒日本。"毛泽东曾在抗大第二期开学典礼上说。

洗涤思想、克服困难，成为抗战时期延安十几所干部学校的主要任务。学生们在校园里，除了接受马克思主义教育和国防教育，还要进行生产劳动，学习生活艰苦而紧张。

"当时的物质条件很差，甚至不能为前来求学的青年学生提供校舍。抗大学员曾自己动手建宿舍，两个星期内，挖了170多孔窑洞。"延安革命纪念馆原副馆长霍静廉说。许多学生吃的是没有油腥的大锅饭，上课在大树荫下，坐个小板凳，把书本垫在大腿上做笔记。白天在烈日曝晒下上操，夜间扛着"三八大盖"放哨。"一孔窑洞住一个小组，有10人，睡在一个土炕上，每人铺位距离只有50厘米，只能放一床被子。"抗大总校第三期女学员赵馥南回忆道。

但是大家从不叫苦。在抗战初期，除了知名学者，绝大部分知识分子都以求学的名义来到边区。青年人对新知识的渴望，对寻求民族独立之道的热切，远远胜过身体遭受的困顿。

曾就读于陕北公学的帆波回想起无数个在延安的夜晚，同学们围坐在燃着微弱火星的炭盆边，热烈地谈论着自己一天的学习体会和感受，谈论形势与学习。"在延安的学习生活呈现一派团结、紧张、严肃、活泼的生动景象。这与当时武汉国民党中央所在地死气沉沉的气氛形成鲜明对照。"曲阜师范学院原副院长尹平符回忆，尤其令人兴奋的是，党中央的领导同志对抗大的教学非常关心，或兼讲课，或做报告。毛主席那高瞻远瞩、知识渊博的见解，幽默诙谐、深入浅出的比喻，使人听了豁然开朗……"延安是世界上最艰苦的地方，但也是世界上最快乐的地方！"中国儿童电影制片厂首任厂长于蓝当时在延安，致信哥哥时这样表示。

延安岁月的淬炼，让众多懵懂青年成长为革命者。吴介民深有体悟：

"到延安以前，我只知道中国共产党是由有知识、有本领、有正义感的人组成的……但我出身于地主家庭，上学、念书没有接触过社会底层，对那些无知无识、手足胼胝的劳动者，打心眼儿里是瞧不起的。"学习社会科学理论，让许多"吴介民"认识到劳动创造世界的真理，认识到无产阶级是最先进、最有组织、最有前途的革命阶级。只有无产阶级，才能担负起建设社会主义、共产主义的历史使命。

延安并没有让远方来客失望，那是一片充满生气和活力的天地。人与人的关系是和谐而平等的。"我看到毛泽东主席、朱德总司令等人身穿粗布制服出现在延安街头，和战士、老乡唠家常，谈笑风生。我被深深地感动了。"摄影家吴印咸说。有亲历者回忆，举办新年干部晚会的时候，大家可以起哄让毛主席唱歌，毛主席最爱唱的是《国际歌》。放映听不懂的英文原版电影时，能够请"恩来同志做翻译"。

人们的团结意识也空前一致。"因为一个真正的革命者，一个把自己所有活着的生命都献给了革命事业的革命者，作为革命队伍的一分子，其一切行动都听指挥。"多年研究延安的学者朱鸿召感叹。

"与往年不一般"：十年交融与重塑

烽火岁月中，延安与延安的年轻人彼此交融、彼此重塑。

"如今的南泥湾，与往年不一般，再不是旧模样，是陕北的好江南。"1943年，鲁艺的秧歌队来到南泥湾，秧歌舞《挑花篮》中的插曲《南泥湾》被传唱至今。

1941年，八路军359旅开荒地11200亩，收获细粮1200石，收获蔬菜164.8万斤，还打了1000多孔窑洞，盖了600多间房子……南泥湾完成了从荒山变成良田的奇迹。而这只是大生产运动的一个代表。越来越多的地方和南泥湾一样，"与往年不一般"。

中国共产党人才队伍面貌也不断刷新。毛泽东曾强调，没有革命知识分子，革命不能胜利。"工农没有革命知识分子帮忙，不会提高自己。工农没有知识分子，不能治国、治党、治军。政府中，党部中，民众运动中，也要吸收革命知识分子。"

从延安这所革命学校毕业后，有些人留在边区工作，还有很多人走上抗日的前线。有数据显示，从陕北公学毕业的干部，除约有10%留在边区各部门工作外，80%以上都奔赴敌后，从事抗日工作，有的直接领导游击战，有的做了县长，剩下约有10%前往大后方。

由周扬、丁玲、艾思奇、何其芳、艾青、冼星海等组成的"文化军队"，积极译介马克思主义经典作家的文艺理论著作。特别是在整风运动后，广大文艺工作者背着背包下乡、下厂、下部队，学习人民的语言，创造出代表那个时代的新文艺，成为抗战胜利的精神振奋剂，奠定了中华人民共和国成立以后的文艺发展基石。

延安，对于这些青年人来说，已经不是一座小城，而是不可替代的精神标志。他们在这里完成了自我重塑，经历了战争的硝烟后，又满怀热忱地投入祖国的建设。

作家丁玲当年"投奔"延安时曾说："我原以为这里的人一定衣衫褴褛，却不料这样漂亮。我更奇怪，为什么这里全是青年人呢？老年也好，中年也好，总之，他们全是充满快乐的青春之力的青年。"

这座居于西北一隅的小城内，每天歌声不断，热闹非凡。一张张笑脸，尽是属于青年人的生机。

（摘自《读者·庆祝中国共产党成立100周年特刊》）

被石油点燃的激情岁月

肖 瑶

　　曾有一个时代，一面沉浸在思想革命的沐浴与洗礼中，一面在科学技术的激流里开拓勇进。

　　曾有那么一拨人，在孤独的黑夜中坚定求索，在民族苦难的阴霾下负重前行。

　　科技兴国是一条不流血的革命之路，没有硝烟弥漫，也不大适合被搬上银幕。在拨云见日那天到来之前，这条路上充斥着黑暗与孤独，质疑和阻挠。筚路蓝缕，李四光一步步地走，每一步都精确到"0.85米"，将它留在肌肉记忆里。他对学生说，搞地质研究要到野外考察，脚步就是测量土地、计算岩石的尺子，因此，"每一步的长度都要相等"。

蔚为国用

1894年8月,硝烟弥漫黄海海域。有着"亚洲第一"之称的北洋水师几乎全军覆没,溃败在耻辱之海。《马关条约》进一步昭告了国运的殇失,整个东亚格局与秩序被重塑。

经此一役,中国各个领域具有革故鼎新思想的人,开始痛定思痛:海战决定国力胜负,海权就是主导权。然而,彼时朝廷腐败,清军"专守防御""避战保船",海权意识薄弱,海军的力量从根本上是站不起来的,是"纸糊的破屋",一次次泡在注满血与汗的海水里。

但"造船"的理想,已经在一个年仅5岁的湖北少年心里悄然生根。

1904年5月,入武昌高等小学学堂还未满两年,14岁的李四光便凭借第一名的成绩被保送到日本公费留学,学习造船机械。

身在中国的仁人志士投身反帝爱国运动,远在东洋的革命志士,在思考如何利用西方先进技术强兵富国。

在这样的氛围下,李四光相继结识了宋教仁、马君武等一批倡导民主革命的思想家,父亲言传身教的救国使命感,也无数次回荡在他心头。

1905年,李四光参与了中国同盟会筹备会,认识了孙中山先生,孙先生亲口勉励他:"努力向学,蔚为国用。"这8个字,后来也成为李四光求学与创新征程上的核心信念。

在某种程度上,对科学的热情与对革命的激情是相斥的,一个需要太平宁静的环境,一个需要热血与冲动。但在年仅16岁的李四光身上,它们不仅共存,且相辅相成,甚至互为因果。

不过,在当时那个少年心中,救国道路还未能与科学紧密联系,他的理想更接近"军事救国"。1911年冬天,李四光回国后不到一年,辛亥革命爆发了，李四光毅然参加了革命，随后，湖北军政府将年仅22岁的他推举为实业部部长。

然而，袁世凯很快上台篡夺了革命果实。李四光眼见实业兴国的蓝图一时间化为泡影，便以"鄂中财政奇绌，办事棘手"为由辞了职。

1913年，孙中山在二次革命失败后去了日本，李四光愈发感到"力量不够，造反不成，一肚子秽气，计算年龄还不太大，不如读书十年"。他看见"科学报国"的时机尚不成熟，真正的革命，或不在一兵一卒。正所谓"邦有道，则仕；邦无道，则可卷而怀之"。

同年夏天，李四光第二次离开祖国，前往英国伯明翰大学求学。随着第一次世界大战的爆发，不少留学生在战火与硝烟的夹缝中生存，李四光在学业方面的志向，也开始悄然发生转变。

当年从日本回来时，李四光看到，中国连一座像样的铁矿都没有，而没有铁，就炼不出钢，就造不出坚船利炮。因此，他决心学习采矿专业。

一年后，他又发现，中国的采矿业缺乏地质学的指导，就像打仗没有兵法，即便地下有矿，也不知往哪里挖。

"光会采矿是不行的。中国虽然地大物博，但是科学落后。如果我们自己不能找矿，将来也不过是给洋人当矿工。"

1919年，李四光获得了地质学硕士学位，导师包尔顿教授劝他在英国继续深造，获得博士学位后再回国。但时逢五四运动爆发，祖国的革命热潮深深吸引着李四光。

同年秋末，他放弃了高薪邀请，途经欧洲，辗转回国，接受了蔡元培的聘请，到北京大学当教授。

我对大地构造有些不同看法

早些年在北京大学的日子里，为了弄清楚中国煤矿资源的分布情况，除教学外，李四光数年如一日地持续研究一种蜓科化石。地质学的重大突破，也是从这里开始的。

"蜓科"是李四光自己命名的，这种最初出现于中石炭纪的微体古生物，历来是划分地质年代的一种重要化石。

20世纪20年代至30年代，李四光几乎走遍我国山川河海，通过对大同盆地、太行山麓及庐山等地的长期考察，最终确认中国存在第四纪冰川。

1926年，李四光在中国地质学会上第一次对石油地质史的铁律质疑：找油的关键不在于是海相地层还是陆相地层，而在于有没有生油和储油的条件。

"我国有大面积的沉降带，这就有良好的土壤条件，一定能找到石油。"

但以美国地质学家维理士为代表的一些学者，对中国人研究地质理论问题，摆出一副极其轻视和鄙薄的样子，认为李四光"态度十分傲慢"。自奥地利地质学家苏士之后，西方地质学界对于东亚构造的认识，要么是这块大陆发育不良，要么是语焉不详。

李四光却愈加坚定，"从一开始，在地壳运动和地质力学的研究方面，我就不愿意跟着外国人走"。

北伐战争开始后，北京大学的教学一度中断。1928年1月，南京政府成立地质研究所，李四光担任所长，同时兼任北京大学地质系教授。

然而，由于战乱，地质研究所不仅物资不到位，还不得不多次搬迁。李四光等人常常扛着"地质研究所"的牌子在大马路上跑来跑去，直到1932年位于南京鸡鸣寺路的办公楼建成，地质研究所才最终安定下来。

1929年5月4日,一个笔名为"醉梦人"的读者向上海《生活》周刊投稿,提出"吾国何时可稻产自丰、谷产自足,不忧饥馑?吾国何时可自产水笔、灯罩、自行车、人工车等物什,供国人生存之需?吾国何时可产巨量之钢铁、枪炮、舰船,供给吾国之边防军?吾国何时可行义务之初级教育、兴十万之中级学堂、育百万之高级学子?"等十问。文末,作者自问自答:"私以为,能实现十之五六者,则国家幸甚,国人幸甚!"

1944年8月,桂林沦陷,李四光逃往重庆避难。蒋介石正在重庆,一直很欣赏李四光,遂邀请他加入国民党,并担任中央大学的校长。但李四光一口回绝:自己是搞科学研究的,不会当校长。

拒绝了蒋介石,李四光却主动到最得意的学生朱森执教的重庆大学讲课,并开设了中国第一个石油专业。

辗转归国,行路难

1949年9月,中华人民共和国成立前夕,英国伦敦,一个深夜,李四光将一些文章手稿、几本地质书、护照、几件换洗衣服及5英镑的旅行支票郑重地塞进一个小公文箱,然后嘱咐夫人许淑彬把原来买的船票退掉,先搬到剑桥和女儿一起住,等待他的消息。

普利茅斯港是一个货运港,从那里乘船去法国,不容易引起注意。彼时,战火刚息,开往远东的船非常稀少,一旦错过,至少等半年才能有机会回国。

早在1948年2月初,李四光代表中国地质学会到英国参加第18届国际地质大会,会后便留在英国做地质考察工作。

1949年5月,时任世界保卫和平大会中国代表团团长的郭沫若写了一封信给李四光，请他早日归国，并为他留出了第一届政协委员里的自然科学工作者代表位置。然而，还没来得及打点安排，身处伦敦的作家凌淑华就告诉李四光，国民党政府外交部密令驻英大使郑天锡立即找到李四光，且要求李四光发表公开声明，拒绝新中国提供的职位，否则便将他扣留送往台湾。

李四光当即给郑天锡写了一封信，表达自己拒绝发表声明的立场，随即与夫人许淑彬商量，然后只身秘密乘火车，绕道前往法国。

李四光走后第二天，国民党驻英大使馆果然派人来找他，还带来5000美金。许淑彬代表李四光拒绝了。

10月，李四光到达瑞士边境城市巴塞尔城后，秘密通知夫人前往会合。夫妻俩在法国相见后，共同回国。

40年前的秋天，也是从英国回国，路过巴黎时，他在随身携带的一张五线谱稿纸上写了几句小提琴乐谱，共5行19小节。他将自己的英文名（J.S.Lee）写在上面，还在页眉工整地写下3个字："行路难。"

这份乐稿一直保存在好友萧友梅那里，直到李四光去世20年后，上海音乐学院中国近现代音乐史学科的陈聆群在萧友梅的遗物中找到它。后人大多没想到，大名鼎鼎的乐曲《行路难》，竟出自地质学家李四光之手。袁隆平先生也曾深情演奏它："欲渡黄河冰塞川，将登太行雪满山。"这几句词恰与李四光本人在革命动荡时期远渡重洋求学的境遇相吻合。

第二次回国后的李四光见到的中华人民共和国，至少有两处"新"：欣欣向荣与百废待兴。

"二战"后，世界政治格局发生颠覆性变化，许多殖民地国家纷纷独立，原本主导全球石油产出的中东地区逐步对外国石油公司采取行动。苏伊士运河的运输要道被沉船切断了，国际石油贸易局势更加紧张。

抗日战争爆发不到一年，我国境内沿海各港口就相继被日军占领。石油进口通道几近断绝，抗战大后方一度发生严重的油荒。没有石油，军事机器就很难运转。

国际国内的现实与教训，都时刻提醒着中华人民共和国领导人石油的重要性。

实际上，我国是世界上认识石油最早的国家。早在3000年前，《易经》中就记载了"泽中有火"。宋代的沈括在《梦溪笔谈》中正式提出"石油"一词，"生于地中无穷"，且预言"此物后必大行于世"。

虽然很早就了解了石油的属性，但受制于社会文化观念与技术水平，直到近代，对石油的开发利用基本仍无从谈起，以致外国地质学家一致认为，中国是一个"贫油国"。

根据长期以来占据石油界的主流理论"海相生油"论，西方相关领域专家坚定地认为：中国土地大都属于陆相地层，不可能有良好的石油资源。

这时，李四光则从自己多年来的实地调查中做出一个大胆推测：东北松辽平原和华北平原的地质结构跟亚细亚平原的相似，都是沉降带地质结构。亚细亚平原蕴藏着大量的石油，松辽平原和华北平原也应该蕴藏着大量的石油。

要自强，先破茧

1955年1月，寒冬中的东北松辽平原，一支考察队正在进行地质勘探。他们穿越沼泽纵横的黑土，白天测量数据，晚上核对地图与资料，像在荒野中疾走的猎人。

这支队伍的带领者，就是已66岁的李四光。那时，我国已经开始实施第一个"五年规划",但"工业血液"——石油依然十分短缺。一年前,李四光在《从大地构造看我国石油勘探远景》报告里指出,柴达木盆地、四川盆地、华北平原、东北平原等地是最有可能含油的地区。

可惜,东北地广人稀,自然条件复杂,3年过去,漫长的勘探还是没有取得实质性进展。

通宵达旦的研究与不舍昼夜的勘察,让李四光患上了肾病,中央决定暂时让他到杭州疗养。

就在李四光动身的前一晚,中央忽然接到石油勘探前线报告。一些勘探队的同志准备把普查队伍拉到外省,与此同时,另一些队员依然坚信李四光的推断,坚守东北平原。

李四光当即推掉了去杭州的计划,回到他的勘探队。这支队伍的长期驻扎,带动了越来越多地方干部、青年的加入,广阔的东北大地上形成了我国第一支石油探测尖兵。终于,1959年国庆前夕,石油部和地质部偶然在一口名叫"松基三井"的井口发现了棕褐色油龙,第一股"工业血液"直冲蓝天,挺起了共和国的油脉脊梁。

在那段被石油点燃的激情岁月里,李四光接连收到松辽平原勘探队传来的捷报……

李四光从理论上彻底击碎了"中国贫油论",并且运用自己的理论预测,精准判断了中国的石油分布,这是一次历史性的预见和突破。

1971年4月29日,李四光与世长辞,人们在他床头发现了一张纸条:"在我们这样一个伟大的社会主义国家里,我们中国人民有志气、有力量克服一切科学技术上的困难,去打开这个无比庞大的热库,让它为人民所利用。"

从科学救国到科学兴国，这条路是走不完的。直到中华人民共和国成立后发现第一块铀矿石、开采铀矿，再到第一颗原子弹爆炸成功，中国的能源自信从无到有，5年时间，颠覆了过去5000年的贫瘠与匮乏。

数年后，当中东地区战火频繁的时候，当能源危机的言论屡屡被提起的时候，李四光那句慨叹仍然声声在耳："作了茧的蚕，是不会看到茧壳以外的世界的。"

（摘自《读者》2021年第17期）

守护莫高窟的年轻人

王双兴

上 山

来莫高窟工作之前，陆佳瑜在一个地质公园当导游，每天站在通往景点的大巴上，"觉得每天都很闲，不会有提升空间"。生活节奏被改变，是在2016年，她看到莫高窟招聘讲解员，考虑到"它背后的东西非常厚实，应该可以获得成长"，便来了莫高窟。

入职是在那一年的4月5日，莫高窟的旅游旺季马上就要来了。陆佳瑜有两个月的培训时间，白天听研究者、讲解员上课，晚上看书、整理自己的解说词，凌晨3点入睡，早晨6点起床复习，然后上洞窟，练习讲解。两个月时间看完8本书，笔记写满两个 A4笔记本，陆佳瑜发现："历史的、文化的、宗教的、美术的……莫高窟的知识根本学不完，感觉自己来对了。"

不过，并非每个人都像陆佳瑜一样主动选择莫高窟，也有人是毕业季找工作，无心插柳地来了。2005年，俞天秀从兰州交通大学毕业，听说敦煌研究院在招人，便投了简历，心里还纳闷："莫高窟招计算机专业的干吗？"进入数字化研究所那一年，只有办公的电脑配有一根网线。俞天秀耐不住寂寞，只能自娱自乐，去洞窟旁边的水渠里捞鱼，去沙丘上烧烤……

有位老院长评价那些年轻人："有的人，肚子里憋着一股气，晚上抱着吉他，爬到房顶，对着月亮一声怪叫……"

和俞天秀一个部门的安慧莉2009年入职，这个学工业设计出身的姑娘，此前对莫高窟的全部认知，是8点档电视剧开始前，那个缓缓飘落的"飞天"图标。刚到敦煌时，安慧莉发现整座城市只有一家超市，买了一瓶绿茶，看上去和普通的康师傅绿茶一模一样，但商标处写的是"小二黑"。这个女生有点沮丧，觉得"待两年，肯定是要走的"。

这种想法在刚来莫高窟的年轻人中并不罕见。五湖四海的年轻人离开故乡，在甘肃省省会兰州中转，然后沿着河西走廊抵达敦煌，沿路看着窗外的山越来越秃，心里都猜测自己"肯定待不住"。

壁画临摹师彭文佳，来敦煌是因为对莫高窟艺术的向往。同窗同学大多去了沿海城市，那里有更多的画廊和工作机会。而她想要和外界联系，只能在每周三或者周日，乘班车去25公里外城里的网吧。登录QQ，收到老同学发来的消息："你们在敦煌是不是要骑骆驼上班啊？"

"1挡挂到5挡"

现在，陆佳瑜的生活渐渐和工作融为一体。以前看《解忧杂货铺》，现在看《敦煌石窟艺术简史》；以前最熟悉的作家是郭敬明公司的，现在变成了赵声良、王惠民，去书店都是直奔专业类的书籍。她不能忍受每次进一个洞窟都讲同样的内容，"觉得是在退步"。

每天，当陆佳瑜带游客在开放洞窟参观时，另一群人正在非开放洞窟"面壁"。四五月天气回暖，利于材料黏结，壁画修复师们对231窟的"治疗"开始了。他们爬上脚手架，用毛笔除尘，用注射剂黏结，隔着一层镜头纸，用修复刀修复壁画……

这支队伍中，"80后"是主力。张瑞瑞是231窟修复师中唯一的"90后"，也是唯一的女生，前几年大学毕业后来到莫高窟工作。她学的是文物保护专业，专业对口，但依然不能立刻接触壁画修复工作。和每个修复师一样，工作的前几年，她的主要任务是帮师父和泥、递材料，以及站在一旁学习、提问。

曾经确信自己一定会很快离开莫高窟的人，在几年、十几年后，掰着手指列举留下来的理由：工作环境单纯，个人成长空间大，职业成就感强。

耐不住寂寞的俞天秀，在前几个月的"动摇期"过后，慢慢发现了莫高窟的魅力。他和同事的任务是在互联网上建模莫高窟，将莫高窟的影像数字化，保存起来。

2008年，"盛世和光——敦煌艺术大展"在北京举办，出自数字化研究所的展品是莫高窟第61窟的壁画影像。40多平方米的《五台山图》，是敦煌莫高窟最大的佛教史迹画，采用鸟瞰式的透视法，把五台山全景记录下来，从山西太原到河北镇州（今正定县）的山川道路，以及旅行、送供、拜佛者，全都出现在画面里。"以前我们的成果都被存到档案里，你拼完只有自己见过，其他人无法得见。那是第一次，整面墙的内容展现在大家面前。看到时确实觉得自豪：哇，这是我做的。"俞天秀说。

到如今，俞天秀已经在莫高窟待了15年。那个跑去城里上网的画师彭文佳则度过了16年，在她看来，莫高窟就像一个乌托邦，不仅有永远汲取不完的艺术养分，还有世外桃源一样的环境。志同道合的人聚在一起，"没有太多诱惑，也没有太多功利的东西，非常纯粹"。

陆佳瑜的同事边磊在莫高窟工作了12年，他记得，有前辈讲自己的经历：刚来的时候爱夸夸其谈，声称要做出一番事业，当时的研究院院长段文杰在一旁听着，不吭声，最后说了句："好好吃饭，好好睡觉，10年后再说。"边磊也没想到自己一晃已在莫高窟走完了第一个10年，他说："1挡挂到5挡，就一直往前跑了。"

接　力

年轻人也乐于讲起"上上辈、上上上辈莫高人"的故事。在莫高窟对面，是嶙峋的三危山，沿着山脚的戈壁滩一直朝南，在"九层楼"正对着的沙丘上，是一个墓园，安葬在那里的，是来莫高窟的第一批年轻人。

1935年，留学法国的青年画家常书鸿在旧书摊遇到《敦煌石窟图录》，后来回国，四处逃难，8年后去了敦煌。1944年，重庆国立艺专国画系学生段文杰遇到张大千的"敦煌壁画临摹展"，在完成学业一年后来到莫高窟。从1947年开始，越来越多的年轻人到洞窟里"面壁"，欧阳琳、史苇湘、李其琼、窦占奎……

曾经的丝路重镇，在那时已经变成了边陲小城，被沙漠和戈壁包围着，日光炽烈。因为缺水不能洗澡，只能"擦澡"，擦脸、擦身、洗脚，水用完还要留着派其他用场；夜里，为了看守骆驼和羊群，需要派人值班，拿着猎枪防狼；天亮后，用镜子和白纸当反光板，就着反射进洞窟的阳光临摹壁画、修复雕塑……

现在，曾经的青年已经进入暮年，其中一些人已然辞世。20余座墓碑端立在沙丘上，隔着佛塔、戈壁、干枯的河道，和莫高窟对望。

"没有可以永久保存的东西，莫高窟的最终结局是不断毁损。我们这些人毕生所做的一件事就是与毁灭抗争，让莫高窟保存得长久一些，再长久一些。"敦煌研究院名誉院长樊锦诗曾说。

现在，帮助莫高窟对抗时间的接力棒被后辈年轻人拿起来。和前辈们相比，这些年轻人身上少了历史气质，鲜少把"奉献""一切为了国家"挂在嘴边，更多关注个性和自我价值的实现。讲解员陆佳瑜说："这里工作待遇算不上优越，工作环境也不那么舒服，愿意留下来的，大多是热爱莫高窟的。人选择喜欢的职业，职业也在筛选适合它的人。"

（摘自《读者》2020年第16期）

47号塔上的男人
马拉拉

刘良松半辈子都住在这里，17岁开始，他就成了大兴安岭新天林场47号塔的瞭望员，几乎独自和近7万公顷的森林度过了25年。每年雪快要融尽时，他会背上半人高的行军包从松岭开车去往40公里之外的林场。到林场后，再换摩托车才能爬上海拔1000多米的阿尼塔山。山顶立着一座20多米高的铁架塔。若去下一个瞭望塔还得走20多公里，这是森林里他和其他人类的距离。

人类社会的末梢神经

从哈尔滨向北走800公里，就抵达大兴安岭林区的边陲——一个被围起来的叫松岭的小镇。这里临近国境线，唯一的主干道骨架一样支撑着对称分布的居民楼，有时候走5分钟都遇不上一个人。

再向下走，就只剩在地图上都能看到的大片森林，在森林里面，天空从树杈间一片一片漏下来。人在林中，只能听到鞋面撞击沙土的声音，像打着节拍。除此之外，不应该有别的声音了。暴露在森林里，一根树枝断裂的微弱声音也可能意味着有野兽出没。太阳在很远的山尖儿上搁着，空气是凉的，风吹过一丛干枯的野草，枝干没有摆动，但手指尖的皮肤知道它经过了。那已经是人类社会的末梢神经，人们不再一栋楼一栋楼地住在一起，而是零星地散落在冷秋枯黄的平原上，共享着一种怎么走都走不到边的庞大。

刘良松的工作是在瞭望塔上不停地察看森林，他需要及时准确地找到每一个突然燃烧的烟点。他的眼睛可以隔着半片平原，看到第二个山头上面的瞭望塔。

成为一名合格的瞭望员，得有从广阔的森林里找到烟点的能力。

每天早上6点半，刘良松在瞭望塔旁边一座外墙已经斑驳的白色小平房里醒来。他带着午饭和一瓶水上塔，午饭一般是馒头或者掰下来的生白菜。白天，他在铁塔的平台上一遍遍地转圈巡视，即使平地没风，上面也是2级风。冬天，他即便穿两层袜子，站在塔上也感觉骨头都是凉的。

手机的信号没有彻底覆盖，唯一靠得住的通信方式是和林场报告火情的对讲机，安全的话，一般在晨间报告之后就没有联络的必要了。一天下来最吵闹的声音，可能来自一只飞到瞭望塔里的蝴蝶——它不停地振着翅膀，撞一扇能看到外面却飞不出去的玻璃窗。刘良松把它捉住，再放飞。

2019年10月，47号塔上多了两名瞭望员，他不用再整年待在塔上，每个月比之前多了10天的休假。然而，更多的自由时间反倒成为一个新的问题。他的房子在城市的背面，离森林很近，是为了让年迈的父亲用上供暖设施才买的。2002年母亲去世，现在是父亲走后的第5个月。屋里只有冰箱的工作声，那里面有一袋他上山前买的桃子，拿出来轻轻捏一下就渗出水来。

"不想回来，回来干吗？回来还是一个人，所以我喜欢待在山上。"刘良松低着头说，然后是一分钟的沉默。快50岁了，他还是一个人。

火

在山上，他是被需要的。大兴安岭是东北的柴火垛，一到秋天，白桦树的皮变得蓬松，剥下来就能够引燃。一旦森林里有一处着火，顺着风，火能够在15分钟内蔓延20多公里。松岭以及它下面的村落，几乎都是以森林防火为核心建立起来的。深入林区的路上，每隔几百米就能看到穿着军大衣的中年男人，他们是林场的看护员，每天从早上8点站到下午5点半，路上有一枚明火烟头都得管。

刘良松的工作比他们的复杂些，他是林场的眼睛。"要分得清楚云和烟，云是会动的，横着走，烟是直溜溜地往上跑。松木林着火了是白色的烟，草甸着火了是黄色的烟，如果是混合林或者山谷着火，那就是黑色的烟。"

最容易引发火灾的是夏天的雷击，塔是铁的，不避雷，所以他得赶紧在打雷前躲到平房里，一结束就往塔上跑。每年这样的火灾有五六次。

报告必须准确，罗盘上的数字误报一度，至少会让地下队伍错走两公里。山下近百人的扑火队等着他指路，出现一个起火点，他脑子里需要立即生成一条导航路线。对于那片森林，他的脑子里有一张完整的地图，那是他17岁的时候拿着笔对着山头一个个做标记背下来的。

天气好的时候,刘良松等天黑就下塔了,但有时候得在塔上过夜。几年前,靠近南瓮河的林区曾经起过一场大火,烧了十几天,最近的火点离刘良松负责的林场只有几十公里。那是他最害怕的一次,不敢睡觉也不敢下塔,早晨拿上去一碗方便面用凉水泡着,中午面软了再吃下去。

孤　独

很少有人当一辈子瞭望员,要么忍受不了寂寞,中途离开另找出路,要么想办法调入林场内部工作。

刘良松说,为了打发时间,他想出各种法子,拆过对讲机,对着森林大吼,在森林里散步,但上坡的路太难走了。山上不能用手机上网,他以前的手机连微信都用不了。去年,他路过一家五金店,发现店主在用12伏的电瓶看电视,平时不怎么说话的他定在那里,不停地问怎么弄,问得老板都不耐烦了,才教给他怎么在山上用电瓶借着卫星信号看电视。

早些年,刘良松在山上喝水都要下塔去小河里背,途中他见过三只黑熊。"两只大的领着一只小的,大的看起来有三四百斤,站起来得有两米高。它们一会儿在地上爬,一会儿起身走,你瞅着它,它瞅着你。当时我的头发都一根一根地立起来了,它们要往前走我就准备跑,其实跑也没用,我跑不过它们。不过待了几个小时之后,它们就走了。"

那是刘良松离危险最近的一次。

珍 视

"像是睁一下眼睛闭一下眼睛,就过去20多年。"回想起17岁上塔那天,刘良松是这样描述的。2016年,央视给他拍过一个纪录片,和那时相比,他的脸没有什么变化,圆脸,深色皮肤,但现在的他开始长白头发了。他已经"熬"走了六七个防火指挥,瞭望塔防锈漆的颜色从白色换成黄色,再从黄色变成红色——它也慢慢老了。

这20多年里,他很多次想过要离开。最让他心动的一次,一个在北京的同学给他介绍工作,对方在城市里跑业务,有单位可以给他几单,他自己再找人做,一年下来挣10万元没有问题。那还是政府禁止砍伐、保护森林的"天保工程"出台之前,新天林场还很热闹,一家人做了好吃的会端出去分给邻居。每天伐木队从森林里拉比盆口还粗的大树出去卖钱,一拉就是一卡车。当时没有人愿意接他的位置,大家忍受不了寂寞,待不住。瞭望员一个月只挣三四百元,伐木一天就能挣100元。

20多岁的时候,刘良松还不觉得KTV的声音会让他脑袋疼,安静久了,他第一次想下山。母亲劝他做一件事情要坚持,不能半途而废。"我妈对我太好了,以前我从山上下来,给她打电话,她每次都站在门口等,她关心我有没有吃饱,有没有穿暖和,每次回家她都问我想吃什么,然后马上给我做。"从小他回到家的第一件事情就是找母亲,但在2002年,这个习惯被打断。他把母亲送到哈尔滨的医院,医生确诊母亲已到肺癌晚期。

不到一个月,老人家就去世了。

至今,只要看到有重病筹款的活动,他都会捐钱,不多,10元或者20元。"我随我妈。小时候她看到谁家的孩子穿得不好,就会回家用缝纫机给他做衣服,做裤子。有要饭的,只要她看到了,一定会给人家做饭,等人吃完了还问他够不够。"刘良松不在乎那些筹款信息的真假,他只是做和母亲一样的选择。

防火这件事情也是,他和自己说,得好好做。1987年5月6日,大兴安岭漠河附近因为烟头起火,近1.7万平方公里的森林受灾,近6万人连续扑救了28个昼夜才把火势控制住,最后211人死亡,266人受伤。那时候,刘良松还不是瞭望员,但他看到火车一车车拉过来的都是受灾群众,他们的家当都被烧光了,除了发的帐篷,一无所有。新天林场下面有他从小就认识的人,虽然现在已经没有几户人家,但只要他在林场露面,就会经常被叫住寒暄,这里有一些他珍视的东西。

4棵西伯利亚大红松

小时候,刘良松在森林边长大。"我们那时候出去玩之前要先劈柴,一群孩子先去一家帮忙,劈完了再一起去下一家,等所有人的柴火都劈完了就上山。"

在2019年5月之前,刘良松屋外的地毯下会藏一枚备用钥匙。父亲身体不好,他常年在山上,遇到下不来的时候,刘良松会打电话给朋友。不管是什么时间,只要他打了电话,朋友都能把父亲安置到医院。如果情况严重,要去城里的医院,朋友会帮他把要住的酒店提前订下来。他和他现在的五六个朋友都是城市的远离者。

城镇在萎缩,很多年轻人都选择出去打工。新天林场的小学已经停办,居民楼还在,但是没有几家人了,留下的人也在发愁究竟是留在松岭,还是去哈尔滨买房。刘良松也去哈尔滨找过出去闯荡的同学,在圣索菲亚教堂,他按朋友说的拍了一张留念照,走到门口了也没有走进去。

这样的沉闷和在森林里的他完全不一样。他常常去的庆喜湖边有一艘不知道主人是谁的小船，刘良松从不知道主人是谁的仓库里搬出来两个电瓶，插上电源就敢在湖里开着玩。只要一贴近林区，他就有一种近乎小孩子的好奇和勇敢。"松花江那儿的水不好看，我们这儿的河多清，云多白啊。"刘良松站在多布库尔河的上游自言自语。

远处的云被太阳镶上了金边，瘦一些的云几乎要被完全照亮，一切都没有目的和意义地流动着。最近，刘良松越来越喜欢山上了，他发现只有在森林里，才能听到每一阵风拂过树叶尖儿的轻声，感觉像是在说话似的。

17岁刚上塔的时候，他在瞭望塔的边缘种了4棵西伯利亚大红松，近来有一棵裂皮了，于是他反复叮嘱同事不要把含洗洁精的水倒在附近的土里。25年前给他树苗的人说："它能采塔，长出来比一般落叶松大一倍。"他守着那几棵树，想等到采塔的那一天。

（摘自《读者》2020年第11期）

辛亥年的血

熊育群

辛亥年三四月之交，杜鹃泣血，中华民族最优秀、最忠诚的儿子一个个倒下，中国的良心在颤抖，这个巨人在失血。这一时刻，伟大的母亲是那么无力，面色苍白……

广州起义找得到姓名的烈士86位，其中31位被捕刑讯后被杀；有的连姓名也找不到了。72，只是一个象征的数字。烈士们对国家民族的一腔炽爱，对亲人的不忍，对死的义无反顾，通过他们写下的绝命书留了下来。今天我们展读这些血泪文字，心仍然在滴血。它表达的不只是慷慨赴死的决绝，还有今天我们已无法企及甚至无法想象的胸怀。它是我们民族的精神遗产，在迷失的时代，它闪烁的光芒能够照耀我们。透过时空虚无的帷幕，我看到了辛亥年的春天浩气盈溢、万物凄迷。

1911年3月27日晚上，方声洞在给自己的父亲写信——

"父亲大人膝下，跪禀者：此为儿最后亲笔之禀，此禀果到家者，则儿已不在人世者久矣……祖国之存亡，在此一举。事败则中国不免于亡，四万万人皆死，不特儿一人；如事成则四万万人皆生，儿虽死亦乐也。只以大人爱儿切，故临死不敢不为禀告。但望大人以国事为心，勿伤儿之死，则幸甚矣。"

"他日革命成功，我家之人皆为中华新国民，而子孙万世亦可以长保无虞，则儿虽死亦瞑目于地下矣。"

3月26日晚上，林觉民在给父亲和妻子写信，在一座叫滨江楼的小楼里，他几乎写到东方拂晓。他是一个风流倜傥的才子，这一夜，不知多少回涕泪交汉。20岁东渡日本留学，他谙熟日语，懂得英语和德语，可以从容地出入国际舞台。他给父亲写道："不孝儿觉民叩禀：父亲大人，儿死矣，惟累大人吃苦，弟妹缺衣食耳。然大有补于全国同胞也。大罪乞恕之。"

接着，他掏出一方手帕，在上面写起了《与妻书》。林觉民中弹被捕后，当时传言抓获一个剪短发、穿西装的美少年。两广总督张鸣岐、水师提督李准亲自在提督衙门审讯他。林觉民不会说广东话，就用英语回答，他慷慨陈词，满庭震动。他的回答就像一场演讲，综论世界大势和各国时事，宣传革命道理。讲到时局险恶，他捶胸顿足，激愤得难以自抑。他奉劝清吏认清形势，不要执迷不悟，只有推翻清朝、建立共和才是出路。张鸣岐也不禁感叹："惜哉，林觉民！面貌如玉，肝肠如铁，心地光明如雪。"幕僚劝张鸣岐为国留才，而张认为这种英雄人物万不可留给革命党，遂下令处死。

在关押的几天中，林觉民滴水不进。行刑时，他泰然自若迈进刑场，从容就义。这一年他24岁。

31位被捕的起义者，没有一个不是大义凛然，慷慨陈词，没有一个不是视死如归。他们写的绝笔书，因为对象不再是亲人，无法儿女情长，却更加义薄云天。

巨坟隆起，72位烈士埋成了一个大坟。坟顶一个方亭，亭内一块石碑，写着"七十二烈士之墓"。

坟后，纪功坊高高在上，抬头仰望，最高处一尊自由女神像，圣洁、高贵、美丽，也格外不同。我惊讶于这个当年法国人送给美国的女神像，在中国南方一隅伫立了90年。这可能是中国唯一的一尊自由女神像。她代表了西方现代政治的肇始，也提示了100年前那一场场血雨腥风，它们思想源头的来处。死难者所向往所追求的正是这尊神像所昭示的民主自由之精神。这正是法国当年那一场启蒙运动开启的思想先河。

起义者从海外纷纷聚集广州，本土国民仍浑浑噩噩。

先觉者从华侨子弟到留学生，他们最早接受西方现代思想，他们的孤愤与后觉者的愚昧麻木，恰成对比。鲁迅短篇小说《药》中小栓吃人血馒头治病的一幕，那血正是革命党人的血。这巨大的反差无疑是悲剧的主要原因。

我凝望这尊以西方女性形象雕塑的石像，她的身姿像是一种召唤。这一刻，太阳偏西，女神在一片阳光中，周身散发出熠熠光芒，让人感受到了一种深深的感召。

枪声平息，战死的英雄与被俘后用铁链绑扎被一一杀害的烈士，他们的尸骨从越秀山麓至双门底各街道上，一具具倒卧。血，流满了街头马路，由红变黑。血，溅红了广州辛亥年的春天。沉寂后的城市，连日凄风苦雨，天地为之含悲。

遗体在雨水中开始膨胀，数日后，有的发臭、生虫，惨不忍睹。这些年轻的生命，来得那么遥远，在广州没有人认识他们。官府诬说他们是一帮地痞、无赖。

市民从门窗偷窥血肉模糊的尸首，谁也不敢走近。有知情者慑于当局追捕革命党人的恐怖，也不敢殓尸。

烈士们的尸骨断头折臂，残缺不全，被广仁、方便、广济、爱育四家善堂、院奉命收到了咨议局门前的空地上。南海、番禺的知事商量，打算把尸体埋到大东门外的臭岗。臭岗是专埋死刑犯的地方，被杀的犯人挖一个坑就草草埋掉了，尸体散发的臭气常飘向四周。烈士如果葬于臭岗，那将是对亡灵的侮辱。

留下来的同盟会员潘达微以记者身份寻找墓地，在广仁善堂恸哭求助。得到黄花岗坟地后，又找亲戚帮忙敛尸安葬。4月4日，100多个仵工，将烈士遗体洗去血污，穿上衣服，然后入棺。有的尸体还被铁索锁着，两三人一束，无法装入棺材，仵工不得不用铁锤把枷锁打掉，将尸骸一一分开。

潘达微在现场指挥，逐一清点、辨认和登记，总共殓葬了72位烈士遗骸。

100多个仵工抬着灵柩向黄花岗进发，一路静默无声，只有潘达微跟在后面，一路走一路流泪。市民担心官府镇压，只是远远凝望，许多人止不住热泪盈眶。天地含悲，下起了淅沥小雨。

第二年，"中华民国"成立。5月15日，从南京回到广州的孙中山率领各界十余万人至黄花岗祭悼，他亲自主祭并致祭文。孙中山为墓地题写"浩气长存"4字，于墓旁栽种马尾松4棵。他悲怆地挥笔写下："然是役也，碧血横飞，浩气四塞，草木为之含悲，风云因而变色，全国久蛰之人心，乃大兴奋。怨愤所积，如怒涛排壑，不可遏抑，不半载而武昌之大革命以成。则斯役之价值，直可惊天地、泣鬼神，与武昌革命之役并寿。"

　　黄花岗墓地坐西朝东，在不知不觉中升高。马尾松、榕树、凤尾竹、柏树、棕榈树的阴影在这个夏天最后的阳光里加深、拉长。陵园如今处于广州闹市中央，树木竟然把四面的高楼都遮挡住了，只有东面可以放眼远眺，繁华的街市扑面而来，匆匆车流、人流，感觉却是远远的一种景象，隔了某种时空。

　　低矮的山岗居然给人俯瞰的高度，这条从大门开始一路往上的瞻仰之路，阳光下干净而明亮，像一条静静的河流，可以洗涤尘埃、清心明目。

　　辛亥年的死亡就在这山岗上；城市的崛起、喧哗在山岗下。在这片土地上生活的人群，不同的年代彼此相看已是传奇。时代精神气象的差异让各自变得失真！似乎是时间在改变一切，它可以让大地葱茏一片，百花争艳，也可以使万物萧瑟，荒凉孤寂。历史因人因时代可以崇高，也可以卑下、猥琐、蝇营狗苟。

（摘自《读者》2012年第2期）

鲁迅的牙齿

李丹崖

提及鲁迅,很多人第一时间想到的就是他炯炯有神的双眼、倔强的板寸、浓密的胡须,还有他以笔为刃写出来的文字。鲁迅善于说真话,见到不平事也喜欢用文字直抒胸臆,很多人都觉得他是个铁齿铜牙之人。没错,在文学和文化界,鲁迅的确是铁齿铜牙,可在现实生活中,他本人的牙齿并不怎么好。

因为遗传,鲁迅继承了父亲周伯宜的牙齿病,这造成他牙齿的"先天不足"。他自己也曾说过:"我从小就是'牙痛党'之一。听说牙齿性质的好坏,也有遗传的,那么,这就是我父亲赏给我的一份遗产,因为他牙齿也很坏。"

如果单纯是遗传,也没有什么。后天的变故,也让鲁迅的牙齿接二连三地"蒙难"。

1922年，鲁迅参加了祭孔典礼之后，坐黄包车回去，在路上发生车祸，整个人飞了出去。当时他手插在兜里，来不及采取应急措施，不幸脸着地了，摔掉了两颗门牙。鲁迅说："我手在袋里，来不及抵按，结果便只好和地母接吻，以门牙为牺牲了。"

鲁迅摔掉门牙之后，吃东西自然十分不方便。这两颗门牙到第二年才补上，当然，用的是义齿。

1930年3月24日，因为牙齿疼痛难耐，鲁迅找到自己的医生好友，拔掉了病坏的牙齿。这一点，在《鲁迅日记》中有记载："下牙肿痛，因请高桥医生将所余之牙全行拔去，共五枚，豫付泉（钱）五十。"

自此之后，鲁迅就靠义齿过活了。牙不好，吃起东西来自然是不香甜的，所以鲁迅晚年瘦骨嶙峋，与牙齿不好也有很大的关系。

鲁迅的骨头很硬，但硬汉也有其柔弱的一面，这种柔弱不仅体现在他对待朋友春风般的温情，还体现在他牙齿的脆弱上。牙齿的病痛常常让他夜不能寐，据资料记载，他曾多次做刮齿，就是去除牙结石的一种小手术，也就是现在的洗牙。

不好的生活习惯也为鲁迅的牙齿问题埋下了祸根。鲁迅常常写文章到深夜，熬夜伤身体，加之他有午夜吃甜点的习惯，这对牙齿非常不好。比如，他喜欢吃蜜糖浆做成的萨其马，还有在《弄堂生意古今谈》中，他提到的一种糕点：玫瑰白糖伦教糕。甜食对牙齿的危害不言而喻。

牙齿问题并没有让鲁迅的精神劲头有所衰减，也没有让他以文字为投枪和匕首的斗志有丝毫减损。

在电影《黄金时代》中，鲁迅先生躺在昏黄的光线里，对萧红说了这样一段话："我三十岁不到，牙齿就掉光了，满口义齿。我戒酒，吃鱼肝油，以望延长我的生命，倒不尽是为了我的爱人，大半是为了我的敌人。

我自己知道的,我并不大度。"

是的,正因为鲁迅的心中装着一腔与敌人对抗的熊熊烈火,他才丝毫不把牙齿的病痛放在眼里。没有牙齿的嘴巴并不干瘪,齿是空寒的,唇却是暖的,心更是炙热的。所以,他的文字犹如岩浆,流淌之处,皆熔铸成丰碑。

(摘自《读者》2021年第6期)

寻找陈延年

闫 晗

很多人是通过《觉醒年代》这部剧认识陈延年的。对于这位29岁牺牲于敌人屠刀之下的青年，人们从书中、从影像资料中、从祖国大地上寻找他的故事。

有人去龙华烈士陵园祭奠他，有人去安徽省合肥市为纪念他和弟弟陈乔年而命名的"延乔路"上献花，有人写关于他的故事……有网友说，陈延年写文章用过的笔名是"人"。微博上有关于他的"超话"，里面的成员十分活跃，当下的许多青少年爱他，怀念他，是因为他曾经那样热烈地爱着我们的国家和人民。

陈延年的父亲是陈独秀，他创办了《新青年》杂志，是中国共产党的创始人之一。陈独秀的标签过于鲜明，色彩过于浓烈，因此很多人并不知道他有陈延年、陈乔年这样优秀的儿子。

陈延年像一个革命的苦行僧，为自己立下了著名的"六不"原则——不照相，不脱离工农群众，不谈恋爱，不滥交高朋名人，不铺张浪费，不大饮大食。因为觉得父亲既要做革命者，又想要家庭，难以兼顾，所以陈延年不恋爱不成家。他很少照相，则是出于地下工作的需要。因此一些历史教材在提到著名的省港大罢工的领导人时，没有提到他的名字。

陈延年出身于书香门第，又曾留学法国，可他模样淳朴，据说皮肤黑而粗，很像一个普通工人，因为经常劳动，还跟工人们一起拉过黄包车，所以能和工人打成一片。若不是叛徒出卖，他被捕的时候，就不会有人知道他是党的干部。在狱中，他说自己是这家人雇的烧饭师傅，特务看他衣衫褴褛，皮肤黧黑，一开始竟相信了。

1927年7月5日，《申报》刊登了吴稚晖致淞沪警备司令杨虎的一封信，信中热烈祝贺杨虎杀害了陈延年："彼在中国之势力地位，恐与其父相埒，盖不出面于国民党之巨魁，尤属恶中之恶！上海彼党失之，必如失一长城。"

他在龙华的屠场就义时，宁死不跪，被乱刀砍死，牺牲得非常惨烈。敌人对他用尽酷刑，可他是一个硬骨头。后来，他的弟弟陈乔年、战友赵世炎，也都在龙华被杀害。

鲁迅先生在文章中写道："至于看桃花的名所，是龙华，也有屠场，我有好几个青年朋友就死在那里面，所以我是不去的。"

他们三人均长眠于龙华烈士陵园，常常有很多人去探望他们，给他们敬送鲜花和他们生前喜欢的食物，希望告诉他们，我们今天过上了幸福的生活。

有一位网友专程去龙华烈士陵园探望陈延年，一位大叔问："他是你的亲属吗？"这位网友想回答"是"，又有些犹豫，回去的路上十分后悔，觉得自己应该这样回答："对，他是我们所有中国人的亲属。"

（摘自《读者》2021年第16期）

血性——中国版的《最后一课》

薛子峰

无论做什么事，都要付出一定的代价，而最高的代价是生命。在我念中学的1942年，我们的国文教员胡老师，就因为给我们讲了"五卅惨案"这段历史而付出了生命的代价，他被日本侵略者残忍地杀害了。现在每当我想起他，内心还是揪心般地疼痛。

我们的胡老师是一位极其朴素、极其诚实的人，很受学生们尊敬。他教了几十年的书，一直供养着失明的母亲和一个残疾兄弟，含辛茹苦。冬天他总是穿着那身旧棉布袍子。前襟上还有一块铜钱大的补丁。他戴的那副黑边框眼镜。左边的镜腿关节处用棉线捆绑着，脚上穿一双蚌壳样的黑棉布鞋。

讲课的那天正值5月30日，胡老师作为一个有血性、有记性的中国人，不畏强暴，在课堂上给我们讲述了那段血迹未干的历史。那天上课，胡老师语态激动，不像平时那般温文尔雅。他捏着半截子粉笔在黑板上写了"五卅惨案"4个碗口大的字。最后一划竟把粉笔都摁断了。

他讲了1925年5月15日上海日纱厂，工人顾正红被日籍职员杀害了，还杀伤了10多个工人。5月30日2000多学生到公共租界宣传、声援工人斗争，被巡捕逮捕了100多人。随后两万多群众聚集在南京路的巡捕房门前要求释放被捕的学生，英国巡捕竟开枪屠杀了10多名群众，还杀伤100多人，造成了"五卅惨案"。为此激起了全国性的反对帝国主义的高潮。同时也兴起了抵制日货的运动……讲到这里他手都有些发抖了，接着他讲到当时，他说道："同学们，历史过去了，可现今日本真的打进中国来了。东北和华北都沦陷了，我们的这东昌府也沦陷了，范祝仙专员与城池共存亡了。他的尸首就悲惨地被抛在古楼北边的大街上了！为国捐躯，视死如归，这种人难道不值得尊敬吗？顾正红和上海的死难同胞难道不值得纪念吗……"这时，忽然校长推门进来，走到台前，看看胡老师，望望黑板，说道："果然如此，我说胡老师，你叫我对你说什么好呢，这下就有好戏看了。"胡老师有些茫然，"怎么啦，难道我讲错了吗？""对也罢，错也罢。你知道窗外有耳吗？"胡老师朝外看，"甭看了，走啦，木已成舟，说什么也晚啦，这就有好果子吃啦。"说罢，校长板着脸倒背着手走出去了。

教室内一片沉寂，空气似乎是凝固了。胡老师倒吸了一口凉气。向同学们点了点头，倒显出了异常的镇静，说："天有不测风云。同学们。我是一个中国人，是一个国文教员，如果连一点爱国的话都不敢讲。我还能教什么呢？下课。"说罢，他取走课本和粉笔往外走去。走到门口，又回过头来说，说："以后，如果有谁能到上海去，就代我到南京路'五卅惨案'的事发地点望一望，拜托啦。"胡老师走了，只留下一个背影。大家都愣住了，班长连往常下课时喊起立、敬礼也忘记了。呆得像个木头人。

果不然,当天中午就开来一部警车,把胡老师给拉走了。没过多少天,就从省城里传来了那可怕的消息。前年,我到家乡去,又到了赵王河边胡老师的墓地。我见坟前新立了一块一人高的碑,上刻"敬爱的胡在老师之墓"。我很遗憾未能参加这次同学们的立碑活动。我在老师的坟前栽上了几棵从上海带去的太阳花,浇上一瓶带去的水。我希望这太阳花会在我们这片大地的风雨中年年繁茂,年年都开出灿烂的花来!

(摘自《读者》2004年第1期)

《红岩》背后的故事

汪兆骞

20世纪40年代末，辽沈、淮海、平津三大战役取得伟大胜利的消息，传到重庆"中美合作所"渣滓洞集中营。那是一个被高墙电网禁锢的黑暗世界，但听到胜利的消息时，狱中的共产党人欣喜若狂。

一号监牢里的一个战友，带头唱起革命歌曲，整个集中营成了歌的海洋，令狰狞残暴的狱吏、军警大惊失色。接着，战友们在放风时，自发地搞了场联欢活动。带头唱歌的那位战友，拖着镣铐表演了一个节目。他用绳子提着沉重的铁脚镣，在一阵"当啷当啷"声中艰难出场，走到院坝中间。站定之后，他竟跳起踢踏舞，节奏紧凑、明快。看着演出，战友们落下眼泪，心里却燃起一团烈火。

舞者，便是后来从白公馆越狱成功、小说《红岩》的作者之一：罗广斌。

1956年，罗广斌、刘德彬和杨益言把这些英雄先烈的斗争事迹，整理成革命回忆录《在烈火中永生》。读过《在烈火中永生》的共青团中央的同志，于1958年来到重庆，找到罗广斌、刘德彬和杨益言，动员他们将回忆录再创作成小说，以便更形象生动地教育青年人。开始，他们有些畏难情绪。因为他们认为回忆录是真人真事，只要如实叙述即可，而小说是虚构艺术，要完成这一文学上的转变，不是一件容易的事情。

但罗广斌等人还是以巨大的勇气，接受了这项任务。他们写出第一稿后，请专家过目。专家看后，笑了笑，说这仅仅是一堆素材。他们只好再起炉灶，经过苦战，又写出了《禁锢的世界》。1959年10月，全国人民都沉浸在庆祝国庆节的欢乐氛围中，《禁锢的世界》作为献礼的文学作品，被送到中国青年出版社。出版社不敢怠慢，将《禁锢的世界》排印了60本，除了留几本供编辑审阅，还送给马识途、沙汀等名家进行审读。

不久，就有反馈意见传回来，认为该稿虽然把革命者的牺牲写得惨烈，但调子太过低沉，对斗争情况表现不足。对此，马识途的意见是："监狱是我们地下党的第二个战场和共产主义学校，小说在这方面写得很不足。"罗广斌等人听了这些意见之后，写信给马识途："无论将要面对怎样的失败，无论有什么巨大的困难，都不能阻止我们前进。这不是个人写小说的成败得失问题，而是那些先烈绝不允许我们怠工，一定要坚持下去！"

为了创作这本书，编辑3次到访重庆，作者3次到北京改稿。3位作家准备了上千万字的材料，整理了200多位烈士的小传。小说经过3次大返工，6次大修大改，最终从300多万字浓缩成40多万字。经过作者和编辑等人的努力，最终，《禁锢的世界》在付印前才改名为《红岩》，于1961年年底定稿。罗广斌写完《红岩》最后一个字之后，动情地给编辑部写信说："我改出瘾头来了！"

迄今，《红岩》发行量已超过1000万册，还被改编成电影、歌剧和话剧，甚至远播印度尼西亚等国家，在国内外产生了重大的影响。

（摘自《读者》2021年第13期）

尊严不是无代价的

萨 苏

每当谈到抗美援朝战争，现代社会的舆论就非常复杂。我们为何而战？长眠在朝鲜冻土中的中华儿女，国家的利益和战略缓冲，进入中国台湾海峡的美国第七舰队，今天朝鲜对我们的态度，赢得世界的尊重，铁幕下的饥饿，军人的忠诚与勇敢，韩国的繁荣，军队转变为国防的象征，价值观的转变，出色的战术……千头万绪，令人无法评价。

而在那万花筒般的文字深处，我所看到的只有两个字——尊严。

在日本，我阅读了大量关于甲午战争的史料。出乎意料的是，战争爆发之前，日军不仅没有一举打到山海关的思想准备，甚至也没有短时期内打过鸭绿江的作战计划。对中国这样一个大国，日本人虽然知道它有软弱之处，但几百年前丰臣秀吉在大明的炮声中忧病而死留下的恐惧，依然使他们迈不开侵略的步伐。

是谁加速了日本军队杀进中国的进程？

日本人的记载中，答案有些荒唐——因为在平壤缴获了叶志超丢弃的大量装备，日军士气大振。清军陆军的装备很先进，军队却一触即溃，这令日军对中国有了"新的认识"。然而，他们还是遵令在鸭绿江边停了下来，并没有敢轻易渡江。

这时，对岸却来了一支清军骑兵——这就是所谓的"八旗铁骑"了。日军只有三十人的先锋部队隔江开枪射击，并且准备就地掘壕防守。不料，清军几百人的马队立即四散而逃，丢盔弃甲。于是日军小队长就自作主张渡江追击，后续的日军随即跟上。

违抗命令又如何？胜利者是不受责备的。确切地说，这些违抗命令的日本兵只是发现了一个事实。

从那一刻起，中国人的尊严在日本人心中荡然无存了。

从那一刻起，"九一八"事变和"七七"事变的种子已经发芽。只要中国稍有反抗，日本就要"膺惩支那"，因为，在日本人眼里，那个时代的中国人根本不配拥有"尊严"。

在日本人眼中是这样，在当时还是盟军的美国人眼中又是如何？电影《海鹰》里面有一个美国士兵用手电筒在国民党军官脸上照来照去的情节，那完全真实。在兰姆伽的军营里，中国的将军受到的就是这种对待。包括当时中国军队的统帅蒋介石，史迪威都可以毫不在乎地称他为"花生米"。据中国台湾的朋友讲，美国人的骄横跋扈，蒋介石也无法忍受，乃至派蒋经国砸了美国在台北的办事处，然后托词是暴民所为，赔钱了事，为的就是出一口气。

也只能出一口气，还是要赔钱的。蒋老先生没有别的办法，谁叫国民党的军队不争气，一个师竟让日本人的一个营追着跑呢？

那个时候，中国人没有尊严。

有人说，尊严有什么用？为了这个尊严，我们在朝鲜失去了几十万条人命呢。

没有正常人喜欢战争，特别是中国人，中华民族从来不是一个好战的民族。但是，尊严不是一种轻飘飘的感受，尊严是用事实宣告：中国，真的不会被轻易征服。

一个没有尊严的国家，就是在引诱他人入侵、蹂躏。古人云，"天与之财，不取不吉"，这是历史规律。抗战前中国不是没有军队，有几百万人呢。但是，人家还是来了。因为知道你好欺负，大好河山，你看不住你的家。

我们尊重为自由而牺牲的勇气，我们也知道，平等自由这回事，是有尊严的人、有尊严的国家之间的事情。所以，在朝鲜这块土地上，我们宣告的，就是我们有这样的权利。

抗美援朝战争打完之后，再没有任何一个国家敢到中国来侵占哪怕一个县城，跟中国讲条件。抗美援朝战争为我们赢得了尊严，也让我们拥有了享受和平的权利。从那以后，直到今天，对中国动武就成了一件令他们疑虑重重的事情。

志愿军的牺牲，为我们这些普通人赢得了和平的权利，得利的不是一家一姓，而是所有的中国人——甚至包括那些可能因为对中国发动战争而死的外国人。志愿军的血，为我们这些普通人而流。

中国人民志愿军的牺牲者，与青山同碧！

人们常常忽视已经到手的幸福，那么，为了不让我们在得到之后忘记，我们应当时常提醒自己："尊严不是无代价的！"

（摘自《读者》2021年第8期）

顽石点头

刘 波

把深受"武士道"毒害、冥顽不化的日军俘虏转化为共产党领导下的反战斗士，是一个艰苦的过程，通常需要经年累月，做大量艰苦细致的工作，才能逐渐完成争取日军俘虏的6个阶段。

第一阶段还有怕被八路军、新四军杀害的恐惧心理。

第二阶段是不愿为八路军、新四军所用。

第三阶段是担心日本失败之后会变成殖民地。

第四阶段是对共产党没有信心，怀疑共产主义是否能在日本实现。

第五阶段是已经认识到共产党的光明前途，只愿回到日本去革命，不愿牺牲在中国战场上。

第六阶段，要求到前线去帮八路军、新四军工作。

"日本八路"大多经历了上述6个阶段。

比如，有着"日本白求恩"之称的佐藤猛夫，原名山田一郎，日本神奈川县横滨市人，出生于一个律师家庭，毕业于日本东京帝国大学（现东京大学——编者注）医学系。1939年8月2日，在梁山战斗中，他所在的田敏江大队被八路军打得大败。这一仗，八路军俘虏日军24名。时任中尉医官的山田一郎，因头部负伤昏过去而被俘。

为避免日本军国主义对俘虏士兵家属进行迫害，八路军总部规定，凡被俘的日军士兵，都要改一个新的名字，山田一郎被俘后改名为佐藤猛夫。佐藤是一个顽固的家伙，他曾组织同时被俘的其他5个人一起出逃，又被八路军抓了回去。秋去冬来，他没有找到逃跑的机会。

八路军调佐藤到设在辽县（今左权县）羊角村的野战医院工作。他表面上说接受八路军的领导，也在医院做些简单的工作，内心却坚定地不抛弃自己的信念：逃跑、暗杀八路军领导……在百团大战关家垴战斗后，佐藤得了伤寒病，昏睡了几天。在八路军医生的救护下，他终于躲过死神的追捕，醒来时，惊讶地发现129师师长刘伯承来看望他。从护士口中，他得知，刘伯承知道他得了伤寒，已经看望他几次了，还专门吩咐把医院仅有的西药都给他用，今天又从百里之外踏雪而至，送来一桶珍贵的酱菜。佐藤心想，一位八路军高官，管着几十万人的将领，居然对一个死不悔改的日本兵如此照顾，共产党、八路军如此仁义，自己为什么还一直坚持要逃跑呢？

佐藤被这种官兵一致的作风感化了，他回忆说："在这种关怀和照顾下，我不久又穿上了白大褂，为伤员治病，这次，我是出自真心，想与八路军站在同一立场上工作。在早晨和下班后的自由支配时间里，我读《贫乏物语》和关于马克思主义的书。晚上，我把油灯拨亮，记笔记，往往精读到深夜。"

此后，佐藤拼命地为缺医少药的八路军服务，因陋就简，制作了医疗器械，救助的伤员成百上千，被边区军民誉为"日本八路军"。他还出席晋冀鲁豫边区临时参议会，成为晋冀鲁豫边区唯一的日本籍参议员。1943年6月，他加入了中国共产党，后来担任八路军野战医院副院长兼卫生学校讲师。在反"扫荡"战斗中，他多次带领医护人员到战斗的最前沿去抢救伤员，受到军区的表彰。

松野觉的转变始于同新四军1师3旅旅长陶勇共进的一顿饭。得知要同旅长一起吃饭时，他简直不敢相信自己的耳朵，问："司令官请我吃饭，可能吗？"在等级森严的日军中，士兵在长官面前大气也不敢出，还动辄挨骂挨打，更不可能与长官一起吃饭。

吃饭时，松野觉僵坐在桌前，觉得自己好像在做梦。他疑惑不解：在日本军队中，长官总是对士兵说，八路军、新四军对日本俘虏格杀勿论，士兵一旦被俘，就要抵抗到底，为大日本天皇尽忠，现实却不是这样。

森垣的转变缘于经历了被新四军师长让马的事。森垣等3名日本战俘在行军中，由于脚上长了水疱，一瘸一拐地走着。张爱萍师长发现后，把马让给森垣骑。森垣刚开始以为马的主人是一名营长，后来才知道是师长。得知张爱萍的脚背上有伤，宁可自己走路，也把马让给他骑的刹那间，他心头涌出一种特殊的情感，口中这才迸出一句："谢谢您。"他恭恭敬敬地向张爱萍鞠了一躬。

秋山良照的转变则是缘于西瓜和烧饼的小事。1941年夏的一次反"扫荡"中，秋山走到一个西瓜窝棚旁，正想拿个西瓜吃，冀南敌工部干部兼翻译职叔敏对他说："可不能随便吃老乡的东西啊。""不拿群众一针一线是八路军的纪律。日军抢老乡的东西，而我们是人民的子弟兵，只能保护人民的利益，不能侵犯他们的利益。"职叔敏给秋山做工作，直到老乡来了，把钱给了老乡，秋山才得到瓜。老乡一见八路军，便呜呜地哭诉日军占领村子的暴行。老乡说："你们就随便吃吧。这是我们的西瓜，甭客气……"

两天后，秋山他们被分到一个村民家里吃饭，村民给他们端出来的是烧饼和小米粥。秋山把一块烧饼递给孩子吃。孩子的父亲劈手从孩子手中夺过烧饼，还给秋山，说："这烧饼是给八路军吃的，家里的孩子不能吃。你们为了我们离家去打仗，这是政府和百姓拿出来的粮食，吃不完留着饿时再吃。"

一个西瓜、一个烧饼，事虽小，却使秋山受到一场八路军"三大纪律八项注意"的深刻教育。从此，他彻底转变了对八路军和中国农民的印象。

（摘自《读者》2021年第10期）

石碑无声

安 谅

  井冈山云遮雾绕，细雨绵绵。我们从茨坪镇红军南路出发，沿山路徐徐而下，车行约4公里，就到了半山地势较低、海拔400多米的一个平坦洼地，这就是"五井"中的"小井"了。

  云雾缭绕之中，群山环抱之间，满目层峦叠嶂。有溪水淙淙流过，令这一片天地更显秀美。蓦地，就见到前方一栋古色古香的楼房了，坐北朝南，全木结构，质朴得如同普通山民的居屋，但又有一种庄重的特质，令人肃然起敬。

  那是1928年的秋天，红四军与国民党反动军队的战斗频繁而激烈，伤病员自然也增多。为此，毛泽东决定在小井建造一座医院，经过红四军党代会审议通过后，就开始了兴建工作。红军官兵纷纷倾囊相助，他们的钱款是自己的零用钱，还有从每天菜金结余中分得的本来就微薄的部分，当时叫"伙食尾子"。费用不够，大家就投身于建设工作，用心出力，就地取材，短短两个月的时间，想方设法，克服困难，把一个面积大约900平方米，上下共两层的楼房迅速建成了。这就是红军的第一家医院，也是我军历史上第一家正规的医院。成百上千的红军伤病员就在这样一个狭小、潮湿且条件十分艰苦的地方受接治疗、休养。

有一张年轻人的相片，挂在屋内的墙壁上，深深地吸引了我们。走近一看，影像虽然略显模糊，但相片里的年轻人抿着嘴唇，目光坚定，英气逼人。我们还来不及想象，相片下方简短的文字，就已经让我们屏气凝神，什么话都说不出来了。及至讲解员生动地讲述后，我们的眼眶已满含热泪。这位年轻人就是毛泽东极为赏识的红四军第十一师师长，叫张子清。他作战英勇，有才有识。在一次战斗中，他的脚踝中弹，但由于医疗条件有限，子弹不仅没能被及时取出，伤口还发生了严重的溃烂。后来他不得不住进红军医院接受治疗。但当时缺医少药，甚至连消炎用的药水都找不到。医生在用竹镊夹取他骨肉深处的子弹时，没用一点麻药。他咬紧牙，一声未吭，衣裤都被汗水浸透了。最终，子弹还是未能取出，伤口仍如刀割一样痛。有战友来探望他，给他一小包食盐。他舍不得用，把食盐珍藏在自己的枕头底下。在伤口痛得实在难以忍受时，他才用手去摸一摸盐包，手指象征性地再轻抚一下伤口。他知道食盐太宝贵了，不想就这样用掉。

果然，不久有重伤员被送进医院，手术时急需食盐进行消毒。张子清二话没说，就从枕头底下掏出这包食盐塞进医生的手里。医生看着他已严重感染的伤腿，不忍接受。他沉下了脸，说："抢救重伤员要紧！"执意让医生拿走了食盐。

张子清的伤口大面积感染，最终危及生命，他停止了呼吸。那一年，他还不到而立之年。面对他安详的面容，被抢救过来的重伤员哭了，医生护士们哭了，红军战士们都哭了……而此刻，面对他年轻英俊的面容，我们这些在中华人民共和国长大的人，怎能不心有触动，心怀感动呢？他还只是一个小伙子啊，为了信仰和事业，早早地献出了自己宝贵的生命！人和人，究竟怎么比？人的生命，究竟要用什么来衡量？

步履沉重，心情更沉重，站在这片面积不足20平方米的墓地前，我的心灵又一次接受了洗礼。80多年前，这片墓地还是一片稻田，里面竟埋葬了130多位红军战士的忠魂。他们的遗骨并不完全，如今留有姓名的只有18人。大多数人，无名甚至无骨。其中一位战士牺牲时年仅14岁！

1929年1月29日，在黄洋界战斗中失败的敌军，买通当地一名游民，由他做向导，偷偷绕过哨口，直奔小井进行突袭。红军医院的重伤员和医护人员手无寸铁，仍进行了顽强的抵抗。但由于敌我力量悬殊，伤员们被驱赶到这片稻田里，敌军烧了医院，还对伤员们严刑拷打、威逼利诱，让他们说出红军的去向。寒风凛冽，敌军的蹂躏手段也无所不用其极，但红军战士昂首挺胸，像一尊尊不倒的铜像，怒视着敌人。敌军气急败坏，竟然架起机枪，向他们拼命扫射。在这最后关头，战士们还用尽全身力气，齐声高喊："中国共产党万岁！"鲜血染红了小溪，染红了大地，映红了树木，也映红了天空。

讲解员娓娓讲述着，哽咽着，晶莹的泪水在脸上流淌。我们的热泪也从眼眶溢出，滚落在双颊。我想起了来小井之前读到的一首当地歌谣："要吃辣椒不怕辣，我当红军不怕杀，茅草过火不断根，春风一吹万万千。"想起仅仅两年多时间，在井冈山牺牲的4万多名烈士。还有那位可敬可亲的母亲曾志，她最早就在红军医院工作。她一生历经磨难，但从未失去过对党的忠诚。她说："我对我选择的信仰至死不渝，我对我走过的道路无怨无悔！"临终前，她还再三叮嘱："把我的遗体送到医院解剖，有用的留下，没用的火化……"她的坟墓就在小井红军医院附近的山坳里，她是魂归小井啊！

我们站在墓前，满怀崇敬地向先烈们三鞠躬，又缓缓走近墓碑，虔诚地献上一枝枝洁白的花。

有人问讲解员："你天天在这里讲解，天天这样动情吗？"

她扬起脸，坚决地说道："是的！因为他们是最有信仰的人，我也是红军的后代！"

苍松挺立，烈士无名，石碑无声。

小井是多么安宁和平静。我听见自己的心怦怦跳动的声音。山涧里蜿蜒而来的小溪，仿佛在诉说着什么。是的，它告诉了我们许多许多……

（摘自《读者·庆祝中国共产党成立100周年特刊》）

"鱼雷"闻一多

叶兆言

郭沫若对闻一多先生有个很新奇的比喻，说他虽然在古典文献里游泳，但不是作为一条鱼，而是作为一枚鱼雷，目的是批判"古代"，钻进"古代"的肚子，将"古代"炸个稀巴烂。这番话是在闻一多死后才说的，闻先生地下有知，大约会很喜欢。

闻一多生前曾对臧克家说过："你诬枉了我，当我是一个蠹鱼，不晓得我是杀毒的芸香。虽然两者都藏在书里，它们的作用并不一样。"

闻一多的著名，因为写新诗，因为被特务暗杀，这两件事都具有轰动效应。而容易被人忽视的，却是他的做学问，是他对古典文献所做的考订工作。能否静下心来做学问，从来就是一种缘分，不是什么人都能获得这份荣幸的。闻一多算不上科班出身：留学前，他学的是外语；去美国留学，学的是美术；业余的时间则是写新诗。所有这些准备和后来的一头扎在古文献堆里做死学问，似乎挨不上边。

一个人最终是否有所作为，开始时学什么并不重要。闻一多的有趣，在于他做学问的极端。考察他的生平，写新诗和投身民主运动，时间都不长。大多数的时间里，他都是个地道的书虫，是在"故纸堆里讨生活"。抗战期间，西南联大的文学院落脚蒙自，闻一多在歌胪士洋行楼上埋头做学问，除了上课、吃饭，几乎不下楼，同事因此给他取名为"何妨一下楼主人"。按照我的想法，闻一多之所以会走做死学问这条路，多少和他赌气有关。闻一多从美国回来，先担任中央大学的外文系主任，后来又任武汉大学的文学院长，任职时间都不长，其中的重要原因，和这两所学校的保守学风分不开。一个写新诗的人在大学里没有什么出路，在老派的教授眼里，仅仅会几句外文和弄劳什子新文学，都是没有学问的表现。

闻一多显然想让那些老派的教授明白，新派出身的人研究古典文献，不仅可能，而且会做得更出色。他身上的矛盾十分突出。一方面，他认为中国的旧书中，压根儿就没有一点值得保留的东西，声称自己深入古典，是为了和革命的人里应外合，把传统杀个人仰马翻。在一些文章中，他甚至把儒家、道家和土匪放在一起议论："我比任何人都恨那些故纸堆，正因为恨它，更不能不弄个明白。"他身上保持着真正的"五四"精神，始终清楚地知道自己应该和什么样的东西决裂。但是，另一方面，中国的传统文化又是那样让他如痴如醉，其痴迷程度和任何有考据癖的学者相比毫不逊色，他走的是最正统的学术道路，从训诂和史料考订下手，为一个字、一个词大坐冷板凳。

认真研究闻一多学术思想的人并不是很多，首先是个难度问题，没有点学问基础，根本不明白他说了些什么，考据文章对于外行来说犹如天书。今天的人性情大都浮躁，不可能像他那样陷进去，有人就算陷进去了，也是一种书呆子似的陷入，稀里糊涂一头钻进去，变得很愚蠢，再也拔不出来。今天从事古典文献研究的人并不在少数，以研究条件而论，要比闻一多时代不知强多少倍，可惜多数人只是为研究而研究，为当教授而刻苦，学问成了吃饭的本钱，成了谋生的手段。就像作家的专业是写作一样，为写作而写作，为发表文章便不考虑一切后果，所以研究和写作，不是因为内心的迫切需要，而是因为从事这些专业。换句话说，研究和写作于自己并不是最好的选择，不过是瞎猫碰上死耗子，是人生旅途中的一种巧合。

闻一多对神话的研究，对《诗经》《楚辞》的研究，对唐诗尤其是杜甫诗的研究，都达到了前人所未至的境界。这也许和他曾留学接受西方教育有关，他似乎一直在努力寻找蕴藏在传统中的现代根源。他计划写一本具有独到见解的《中国文学史稿》，并为此做了大量的准备工作，留下许多未完稿的笔记。文学发展中的民间影响和外来影响，是闻一多关注的焦点，他不但研究文化人类学，而且还用弗洛伊德的心理分析来研究中国的原始社会。在方法上，既有最地道的朴学传统，又不缺乏世界最新的人文研究成果。朱自清先生对闻一多的评价很高，认为在古典文学研究领域，年龄相仿的专家学者，很少有人能与之相匹敌，可惜英年早逝，被暗杀时才48岁，正是最应该出成绩的年龄。

说闻一多是一名斗士，应该没有问题。他似乎对"死"有特殊的兴趣，做的是死学问，下的是死功夫，面对的是永恒的死亡：

> 这是一沟无望的死水，
>
> 这里断不是美的所在，
>
> 不如让给丑恶来开垦，
>
> 看他造出个什么世界。

闻一多一定非常喜欢"涅槃"这个词,在此境界,贪、嗔、痴,与以经验为根据的我,都已灭尽,不复存在,于是达到了寂静、安稳和常在的状态。正因为如此,他才能一头扎进古典文献,在绝望中获得永生,在枯燥里获得快乐。他在给臧克家的信中,曾说自己是座没有爆发的火山,火烧得他浑身疼痛,却没有能力炸开禁锢他的地壳。他写诗、做学问,后来投身民主运动,都是为了获得爆发的能力。正是在这个意义上,闻一多始终是一名斗士,生命不息,战斗不止。

在闻一多的世界观中,最不能容忍的就是独裁。天赋人权,不可侵犯;是可忍,孰不可忍。李公朴被暗杀以后,很多人告诉闻一多,他已经被列入黑名单,形迹可疑的特务就在他家门前闲逛,而且派人送了恐吓信进来。闻一多如果理智一些,就不会出席李公朴的追悼大会,但是他并不承认这就是中国的铁定现实,不愿意在独裁者面前低下自己高贵的头颅。过去的十多年里,他一直埋头书斋,是中国最传统的读书人,与世隔绝;现在,沉寂的火山突然爆发,他拍案而起,成为最激烈的民主斗士。在李公朴的追悼大会上,闻一多定有一种寂寞之感,他没有料到偌大的昆明,只有他一个教授来出席这样的纪念活动。据目击者说,那天本来不准备安排闻一多说话,可是他很激动,跳上台去,言辞激烈地说了一通,演讲辞后来被收进了中学课本。

闻一多在会上的演讲成为民主的绝唱,他离开会场不久,就被暗杀在大街上,凶手对他连开几枪,其中一枪击中头部,白色的脑浆流得到处都是。在中国的历史上,这是第一次,一位著名的教授,光天化日之下被打死在大街上。

(摘自《读者》2008年第19期)

八路牛的故事

赵冬苓

当八路军医院的刘院长把那条外国友人赠送的奶牛拴到医院的院子里时,医院驻地的村民们被吓住了。天哪,那居然是一条牛!和它比起来,村里的土牛只能算是还没发育成熟的狗。牛是白色的,又有大片的黑,胯下的那对奶就像两只皮桶,医院的那个整天笑嘻嘻的小女兵提了个瓦罐接在下面,两只手就那样来回捋了几下,皮桶没见瘪,瓦罐却已经满了。把村里人惊得直咋舌,一迭声地感叹:咋这么会长呢?咋这么会长呢?

有了这条牛,医院里的伤员们就可以喝到牛奶了,这在1942年的中国,是很奢侈的营养品,可以救好多伤员的命。村里人懂得这条牛的价值。有时候听到牛闷闷的有些孤独的叫声,女人们心里就有些不忍,搂紧了自己的娃儿说,这牛想娃哩,看看那一对大奶,不知它来支援咱们抗日的时候,自己撇下多少娃哩。

没人向大家宣传抗日的形势，但大家都明白，鬼子的炮声已隐隐地传来。终于，一个晚上，刘院长来找村长老七，告诉他部队医院要暂时撤走，一些伤员、物资包括那条被村里人奉若神明的外国牛由村里掩护。老七答应着，说院长放心。可心里却在叫着，俺的娘，别的都好说，可那条牛俺往哪儿藏哪？鬼子每次进村，杀完人就牵牲口，这么大的一条牛在村里肯定逃不过鬼子的扫荡，只能到山上找地方了。

　　这一天，三嫂从早上找到傍晌，从山上下来的时候，看见老四往山上背草料，心里猛地一亮。她想起老四几年前为了躲鬼子在山背处给他的牛修过一个山洞。等老四下了山，三嫂找了过去，找到了一个很隐蔽的洞，刚好藏一条牛和一个人大小。三嫂高兴极了，立马将此事告诉了老七，让老七动员老四将山洞让出来藏八路牛。老七很艰难地向老四提出了这个要求，因为老四的牛不是平常意义上的牲畜，老四打了大半辈子光棍，他的牛对他来说就是女人，是孩子，是相依相伴的生命伴侣。你要是对他说，老四，部队要借你的脑袋使使，他最多缩缩脖子，然后说，拿去吧。可他的牛比他的脑袋更让他眷恋，没有了牛，就没有了老四的命。果然，听完老七的话，老四坚决不同意将藏牛的洞让给八路牛，老七狠着心数落了老四一顿，老四最后答应想想办法。老四在山上忙活了一天，将藏牛的洞又挖大了一点儿，天黑后将两条牛藏了进去。老四另外又搭了个小棚，声明他要住在那里。

　　鬼子说来就来了，杀完人放完火后赶着牛抬着猪走了。老七和三嫂跟着就上山看伤员和那条牛了。伤员都各自在藏身的地方好好的，看看那两条牛，差点把老七气死。老四的牛吃得肚子滚瓜溜圆，八路牛饿得瘪着肚子直叫，两只皮桶一样的奶也瘪了。老七猛踢了一脚老四的牛，冲老四吼道，你还是人吗？！老四自知理亏，但他真不是有意饿八路牛的，他只是不由自主地每次都给自己的牛多喂一些草料,就这样一次一次地把他的牛喂胖了,把八路牛饿瘦了。

过了几天,鬼子又回来了。这一回,他们把清剿的重点放到了山上。

老七的孙子狗儿正在树上掏鸟蛋,发现了鬼子正顺着河滩往山上走。狗儿一边往家跑一边扯开了喉咙喊:"爷爷,爷爷,鬼子上山了。"老七把一个洋油桶和几个鞭炮塞到狗儿手里,领着他跑到村外一条土沟里,等到鬼子快搜到藏牛的山头时,让狗儿点燃了鞭炮,丢到洋油桶里,鞭炮在洋油桶里炸响,发出类似枪响的声音,老七就在一旁大喊:"八路来了!"

狗儿生怕鬼子不上当,他跳了起来一边跑一边粗着嗓门喊:"八路来了,八路来了。"他看着鬼子开始倒回头来往山下扑,高兴地笑着,提着桶就往村里跑。狗儿是在快跑到村头的时候被鬼子的子弹打中的,后背被打成了马蜂窝。老七从血泊里抱起他的时候,他身上的血已经流尽了,小脸白得像一张纸,身体轻得没分量。老七没哭,他只是有点诧异地想,这孩子就这么走了?再不能爬树,再不能钻他的被窝了。没有棺材,村里人拿来了一挂苇席,老七把身上的褂子脱下来,想给孙子换上,可狗儿的右手放在口袋里,怎么也掏不出来。老七撕烂了狗儿的口袋,发现狗儿的小手紧攥着,好像有什么东西。老七好不容易掰开狗儿的一个手指,一看露出来的那个东西,明白了,不再努力——那是放剩下的几个鞭炮,老七想,就让孩子带去吧。在这边,是打鬼子的武器;到那边,只是孩子的玩具,就让孩子带着过去,也驱驱阴间的邪气。

到了晚上,老七钻进了被窝,习惯地把狗儿的枕头往自己身边拉的时候,才突然意识到,儿子在部队上牺牲了,媳妇叫鬼子捅死了,这回孙子又死了,从今以后,家里就剩自己了。这么想着,两行老泪就曲曲弯弯落下来。

狗儿死后第三天，鬼子再一次调集大批兵力进行清剿，他们认为山上一定藏着八路军的重要人物。傍晌的时候，他们逼近了藏牛的那个山头。山洞里，不光有老四和两条牛，还有三嫂和三嫂的丈夫三喜。三喜在游击队里同敌人战斗时受了伤，前天夜里刚上了山。洞外面，鬼子的声音越来越清晰，情势再也不能耽搁。三喜让三嫂把被炸开的肚子扎紧了，抓起枪悄悄地溜了出去。过了一会儿，远处传来一声枪响，紧接着就是一片杂乱的枪声。三嫂忍不住哭了起来……

天黑了，老四把洞口的石头搬开，把牛牵了出来，在黑洞里闷了一天，该遛遛它们了。老四要三嫂牵着八路牛在附近走走，自己牵着自己的牛往下面走去，那里有一块水草丰美的平地。走着走着，老四听到了异常的声音，他轻轻地拍了一下牛背，牛懂事地卧了下来。老四仔细地窥探着林子里的动静，一只手紧张地握紧了手里的杀猪刀。他发现了鬼子，鬼子又回来了，并且在一步步逼近那个石棚。老四突然放开了嗓子喊起来，呜呜呀呀自己都不知道在喊些什么。惧怕使他的声音变了调儿。一边喊，他一边意识到自己该跑，可他那两条细细的腿抖着，怎么也挪不动，他觉着自己马上就要倒下了，于是只好趴在牛背上。牛扭过头看着他，他看着牛黑黑的、温存的、湿润的大眼睛，心里想，这回，他和他的牛要一起走了。这时候，三嫂正带着八路牛在离石棚不远处的山泉旁饮水。三嫂轻轻地给牛抓着痒儿，牛惬意地仰起了头叫了一声。这一声把山下面的老四吓呆了。怎么办呢？老四下意识地搂紧了牛。牛的尾巴一下一下地甩着抽打着他。老四问它："你也想叫，把鬼子引过来？好吧，为了八路牛，你叫吧！"他使劲地拍打着牛的背，牛温顺地看着他，任他拍打着。老四恼了，用力地踢着牛。牛惊讶地看着老四，不明白昔日慈爱的主人怎么突然变得粗暴起来。老四头上的汗都出来了，他往山上看看，鬼子马上就要走到石棚了。老四想也没想，从腰里抽出杀猪刀，噗的一声就捅进牛脖子里去。鲜血呼的一下喷出来，喷了他一脸，他和牛同时都被他这个动作吓住了。

牛愤怒地和他对视了一秒钟，发出一声仰天长啸。那啸声郁闷而悲怆，如闷雷滚过山林，震撼山冈，搜山的鬼子、饮牛的三嫂、河滩上的鬼子和村里的人全都听到了。老四看到鬼子又一次停下来，于是他疯了一样又一次把刀插进去，嘴里嚷着："叫！快叫啊！"牛又大吼一声，猛地蹿了出去。老四没来得及做出任何反应，就被手里的牛缰绳拖了出去。

山上的三嫂听到了牛叫声，赶快牵着牛躲进了树林。而山上的鬼子则循声掉头追了过来。

那一天，看到的情景使这些一向在中国土地上杀人不眨眼的魔鬼们也呆在那里：一条浑身是血的牛一边发出惊天动地的叫声，一边在林中狂奔，牛身后拖着一个人，人瘦小的身躯随着牛的狂奔飞舞着，纵情地做着生命的舞蹈。当牛流尽了最后的血倒地而死的时候，老四的身体早已经四分五裂，但自始至终，他和自己的牛在一起，没松开挽着缰绳的手。

那一天老四死的时候天已黑了，鬼子们从山上下来，当天夜里我们的部队趁虚袭击了他们的司令部，迫使鬼子天不亮就匆匆撤离，八路牛也就保住了。

后来八路军回来了，却不是原来那支队伍，因此这条牛就一直留在村里，等待它的旧主人。一直到全国解放，老七多方打听，才得知刘院长在济南的一家大医院做院长。

老七决定亲自把这条牛交还给刘院长。那个时候，把这样一个庞然大物运几百里路去济南可不是一件容易事。为此，老百姓专门为运牛的马车修了条出山的路。全村人都拥到村头送老七和那条牛上路。牛卧在车上的笼子里，车上堆满了草料，车头披红戴花，连拉车的马都挂上了彩笼头。女人们都哭了，男人们也哑了嗓子。

老七翻山越岭，在路上走了三天三夜，赶着马车到了济南，找到了刘院长。刘院长从办公室里迎出来时穿着洁白的白大褂，一看见老七，就大叫一声扑过来，抓住老七左晃右晃，扯着他就往屋里拽。老七说："还有牛呢！"刘院长往老七身后一看，呆住了。

这时候牛已不再年轻，数年的艰苦生活，已使它未老先衰。身上的皮毛不再有光亮；两只眼睛不再清亮，变得浑浊不清；特别是那对皮桶一样的乳房，那曾滋养了许多伤员的乳房已变成了空口袋，松松垮垮一直耷拉到地面，奶头因为与地面磨擦已生出了茧。刘院长呆呆地看着它，它也像和尚入定一样看着刘院长。人的眼神很感慨，牛的眼神很沧桑。

老七站在一边，越发地局促不安起来，他觉得很羞。当初刘院长把牛交给他的时候多光亮啊！可如今还给人家的牛却变成这样了……

刘院长犹豫了一阵对老七说："谢谢你，老七，革命谢谢你了。可这条牛……"

老七和刘院长推拉了半天才弄明白，这牛，人家不要了。他没再说什么，赶着牛就往回走。

那条牛一直养在村里，不能耕田，不能产奶，却被全村人像老祖宗一样供养着。它一直活到1959年年底，刚过年，头一天还好好的，突然就一头扑倒在地，死了。

那正是全国就要进入那场大饥饿的前夜，村人已感受到了饥饿的威胁。死后的牛卧在村里，像一座小小的肉山。但是没有人打它的主意，一个人也没有。他们为牛开了会，会议形成的决议是：把这条牛埋到村里的老营盘里去。人们在他们祖宗的身边挖了一个又大又深的坑，很庄重地把它埋葬了。那座坟,成了老营盘里最显赫的一堆黄土,它的身边躺着的有老四、三喜、狗儿以及后来又躺进来的老七、三嫂……

(摘自《读者》2001年第5期)

吃一口炒面，抓一把雪

刘知依

1934年出生的老战士高金年今年已经87岁了。1951年，还不满18岁的他参军入伍，经过几个月的训练，当年12月进入朝鲜，成为一名抗美援朝的志愿军。

志愿军都是徒步跑过鸭绿江的，一夜行进180里，小战士们脚上都是水疱，一旦起了水疱就要用剪子剪掉——敌人的炸弹随时可能扔过来，不能因为脚上的水疱跑得慢了。

进入朝鲜之后，作战的环境非常恶劣，补给也常常供应不及。敌人严密封锁，生活用品和食物运输跟不上，每个战士一个冬天就只有一双大头鞋、一件棉衣，没有棉被，冷了，只能把稻草盖在身上。

让高金年最难忘的，是他和5名战友前往敌人的山头侦察，冰天雪地，他们坚守在雪地之中，仅仅靠着1斤炒面和雪挨过了3天。

炒面，成了每一位抗美援朝战士一生最难忘的食物。它的原材料到底是什么？能让志愿军熬过一个又一个饥寒交迫的冬夜，支撑着他们一直坚持到战争的最后。

志愿军在刚到朝鲜时，身上背着的干粮是高粱米、大米和面粉，最主要的还是高粱米，有五六斤重。待上战场时，这些干粮基本上就已经吃光了。

在战争期间，仅有40%的食物能够顺利送到战士的手中，几十吨的苹果到了战士手上所剩无几，整条坑道的战士只能分吃一个苹果。

电影《上甘岭》中，多少人在看到分苹果的场景时泪如雨下。这是一个真实的故事，那位从补给线上的烈士遗体之中抢下苹果的战士，最终也牺牲了。

尽管我军尽一切力量做了不少后勤保障工作，但这次战争与以往不同，我们从没有出国作战的经验，而且面对的敌人是具有高度现代化装备的美国军队。

天寒地冻，战士们不能生火做饭，炊烟会暴露我军的位置，引来美军战机的轰炸。还有不少特务、朝奸在暗地里通风报信，一个星期之内道路、桥梁、仓库和车辆几乎都被炸毁了。

在国外作战，语言不通，情况和国内完全不一样。敌人所到之处都是焦土，在三八线附近，几百里地没有农田，老百姓自己也没有吃的。敌人装备高度机械化，行动迅速，我军根据地无法建立。

此外，一部分朝鲜群众对志愿军入朝作战心存疑虑。他们会问志愿军："中国是不是要在朝鲜建立政权？"志愿军总是耐心地向他们解释，抗美援朝和军事干涉本质是不同的，它是中国人民对朝鲜人民的友情援助，也是为了保卫中国人民的安宁。

战士自己都吃不饱，又不忍心看着朝鲜群众没有饭吃，只能从自己有限的口粮之中挤出一部分支援他们。

抗美援朝老战士邹世勇在回忆这场战争时，还十分清晰地记得，那时候，偶尔有一些食物送到前线，每个战士能分到三四个已经冻硬的土豆。不能蒸煮，他们就把土豆放在腋窝下夹着。土豆化一层，他们就啃一层，就这样，在冰天雪地里啃完这些土豆。

那么，美军在朝鲜战争中的军粮是什么呢？

在抗美援朝战争中，美军是平均13个后勤人员供给一个士兵，而志愿军则是一个后勤人员要供给6到10个士兵，并且根本没有海军和空军的掩护。

韩国上将白善烨在他写的战后回忆录中，记录下美军的伙食标准：美军的伙食分为3个等级，A级是包括牛排在内的西餐，B级是热香肠和其他熟食，C级是罐头和便捷野战食品。

罐头净重227克，有几十种不同的菜肴配方，一类是以肉食为主的M罐头，一类是以饼干为主的B罐头，B罐头中还包括糖果、咖啡、可可粉等。每个战士每天可以领3个M罐头和3个B罐头。

此外，美军还配有巧克力、香烟、口香糖、餐巾纸等物品。节日期间还会有额外的节日餐，比如感恩节当天，普通士兵都能吃到烤火鸡、炸薯条、牛肉馅饼、沙拉、水果蛋糕，喝到鸡尾酒。

李承晚伪军的大米供应是充足的，还有从日本空运来的紫菜、鱿鱼以及传统的泡菜。

志愿军活动和作战时间绝大部分在夜间，战斗中吃不饱、穿不暖，这些都制约着前线的作战能力。

针对种种后勤问题，志愿军决定组建后方勤务机构，几位主要指挥员发生了争议。

他们都习惯于带兵打仗,都想上前线,没有人愿意留下来领导后方。洪学智坚持要去前线,彭德怀急得向他拍了桌子,大声吼道:"你不干,我干!你去指挥部队吧!"

洪学智这才同意留在后勤工作,彭德怀对他严肃地说道:"前方是我的,后方是你的,前后方都要打赢!"

这是志愿军第一次出国作战,刚到朝鲜10天,要解决10万大军的吃饭问题,洪学智深知肩上责任重大。

1950年11月8日,第一次战役刚刚结束,东北边防军后勤部司令员李聚奎想起了一件往事。1936年,他所在的红军部队被敌人打散,他和战友千里乞讨回延安,途中,老乡给了他们一些自家做的炒面,让他们带在路上。

炒面是我国北方的一种传统食物,并非我们现在所吃的炒面条。它的原料是糜子、芸豆、玉米、青稞、甜菜根、小麦、大豆和高粱米等,把这些全部炒熟之后再磨成粉,带在身上可以随时食用,不用加热。

这是李聚奎第一次见到这种携带方便、保质期长又便于保存的干粮。李聚奎回忆了老乡制作的方法,尝试用小麦、大豆、玉米或者高粱米炒熟研成末后混合起来,再加入少量的盐。

他尝试着让后勤部加工了一些炒面送到前线部队去试用,反响非常好。于是,他向解放军原总后勤部报告,建议"以炒面为主,制备熟食,酌量提高供给标准"。

他将制作好的炒面送到志愿军总部,听取志愿军首长的意见,彭德怀、洪学智等几位首长都非常满意,立即要求东北军区后勤部大量制作,尽早送到前线。

东北人民政府根据朝鲜战场的需要，在11月12日召开了"炒面煮肉"会议，下发了《关于执行炒面任务的几项规定》，要求各系统、各单位日炒炒面不低于13.8万斤，20天内炒面总量不少于276万斤，煮肉6万斤。

为了保证炒面的质量和制作效率，会议要求各地各部门必须做到"三保"：一是保证炒面熟透，不能炒焦；二是保密，抽调党员和团员一同参加制作炒面工作，检查质量和安全，所有的炒面都有特定的号码，以便检查；三是保证按时完成任务，制作炒面所需要的白糖和精盐由单位暂时垫付，粮食局照还。

各级领导带头炒炒面，机关单位白天上班工作，晚上炒炒面、煮肉，一干就是几十天。东北地区男女老少齐上阵，家家户户都在炒炒面，忙得热火朝天，没有一个人有怨言。

"背上一袋干炒面，行军作战真方便。祖国人民关心咱，千里万里送前线。炒面香，炒面甜，一把炒面一把雪，枕着石头盖着天。艰苦奋斗是光荣，消灭敌人勇向前。"这是炒面在志愿军中间普及之后，广泛流传的一首快板。

炒面，真的很香甜吗？

这些都是老百姓用石磨磨出来的粮食，掺杂着来不及处理的糠皮，带着沿途的灰尘和泥土，吃在嘴里，就是粮食和泥土的混合味道，如果不加水，粉末状的炒面又干又呛，很难下咽，口感怎么可能谈得上好。

但在战场上，这些饱腹感非常强的炒面，让战士们有了继续打下去的动力和希望，这是当时最经济也最容易制作的干粮。

身着薄棉衣，坐在寒风之中，随手攒起一个雪球，一口炒面一口雪，这就是志愿军的一顿饭了。但他们非常乐观，管这种雪团子炒面叫"什锦饭团"，向祖国人民传回了"为炒面立功"的口号。

彭德怀让洪学智起草了一份给中央军委和东北军区的报告："所有的部队对东北送来的前方之炒面颇为感谢，请今后再送以芸豆、大米加盐制的炒面。"

第三次战役，志愿军一举突破了三八线，占领汉城（今首尔）。炒面无论是在体力上还是在精神上，都给予了志愿军强大的支持。

志愿军需要的炒面量大，而东北的生产能力又有限，炒面一直短缺。周恩来总理知道此事之后，立刻指示政务院向东北、华北和中南各省布置任务，发动群众，家家户户炒炒面，连中南海也支起了大锅，昼夜不停地翻炒着。

周恩来总理在北京各个机关视察，为了鼓励大家，亲自和机关的同志们一起炒炒面。一次，周恩来总理在炒炒面，不一会儿，他就满头大汗。一位同志担心总理的身体，上前抢下他手中的铲子，说："总理，不要累坏了身体。"

周恩来总理摇摇头，说："我们在国内受点累算不了什么，志愿军在前线很辛苦，要把炒面做好，给他们当干粮，支援他们打胜仗啊！"

周恩来总理的这句话后来传到朝鲜前线，给前线的将士极大的鼓舞。

除了动员全国人民炒炒面支援前线，周恩来总理还组织全国力量向朝鲜战场运送更多的物资，在短短9个月之内，运送粮食19万吨、蔬菜2.7万吨、油盐6800吨……为志愿军炒炒面的，还有一群特殊的人，他们就是战犯管理所之中的国民党将领。

在得知朝鲜战争爆发之后，他们之中的有些人幸灾乐祸，甚至直接断言志愿军会输掉战争。

杜聿明是最为感慨的，他进入战犯管理所之后，都是北京最好的医生来给他看病，厨房专门给他开小灶，他每天能保证得到一磅牛奶，时不时还能吃到红烧肉，喝到鸡汤。

而在看到志愿军吃的食物，得知志愿军艰难地打了一个又一个胜仗之后，他原本固执的观念受到了极大的冲击。

杜聿明经过激烈的思想斗争之后，主动找到管理干部，想对抗美援朝战争做一些什么。他表示，志愿军是有可能打胜仗的，他写出了美军的优点和缺点，以及与美军作战时应注意的要点，转交给管理人员，希望能够提供一些参考。

到了真正炒炒面的时候，战犯管理所之中无论什么立场的人都干劲十足，没有一个人抗拒或者偷懒。他们都曾经在战场上打过仗，都理解在战场上挨饿受冻的感觉，他们谁也不想让志愿军战士挨饿。

"炒面队"队长、曾担任国民革命军第18军军长的杨伯涛，在炒面任务完成之后，还赋诗一首，名为《为抗美援朝中国人民志愿军炒干粮》：

> 调和鼎鼐倍辛忙，为最爱人爨糇粮。
> 只缘此身罪待改，心逐米粒到战场。
> 昼飐烽烟夜烛天，挥汗酣战灶台前。
> 千杓万铲浑意倦，大同江畔报敌歼！

今天，中国人民革命军事博物馆之中还存放着70多年前的炒面标本，默默讲述着这场军民同心的"炒面运动"。

当时群众除了炒炒面，还会给志愿军写慰问信，他们询问志愿军前线的条件苦不苦，能否吃到自己做的炒面。

志愿军的回信中有一封是这么写的：

> 现在的情况好多了，基本上能吃饱再去作战，刚到朝鲜之时生活非常艰苦，战斗紧张激烈，常常吃不上饭。现在，每个指战员身上都背个小炒面口袋，饿了，就吃一口炒面，抓一把雪。

全国人民都在担忧子弟兵吃不饱饭，在中华人民共和国刚刚成立、百废待兴之时，如果没有老百姓无条件的支持，一个一穷二白的国家想要打赢这一场战争，太难了。

那么，在敌人的重重封锁之下，这些饱含着父老乡亲深情的炒面，如何才能送到战士们的手中呢？

刚刚进入朝鲜之时，我们的汽车就损失了1800多辆，在前3次战役之中，我们平均每天有30多辆汽车被摧毁。

为了减少损失，后勤部队只能在夜间关闭车灯行驶。路况恶劣，还要随时提防敌人的轰炸，运输效率非常低，翻车事故随时可能发生。在这种情况下，即便准备的粮食充足，也只能供应需求量的1/4。

1950年12月，抗美援朝战争进入第二次战役后期，"联合国军"大规模撤退，志愿军急速追击，这使志愿军本来就很薄弱的补给线越拉越长。

司机冒着生命危险，在敌人的轰炸和扫射之下冒死运送伤员和军需物资，每天都要工作12小时以上，一天下来只能吃一顿饭。营养不良、过度劳累，也影响了运输任务的完成。

周恩来总理在1951年1月东北军区第一届后勤会议上发出号召："建设打不断、炸不烂的钢铁运输线！"

车不够，进不去，来不及……面对这些问题，先后有200万左右的民工主动加入后勤部队，在难以运行的铁路之上，在狭窄的公路之上，用马车、手推车和牲口，配合着车辆一起，将沿江积压的物资送往前线。

如果说，淮海战役的胜利是人民群众用小推车推出来的，那么抗美援朝战争的胜利亦是如此。

司机人员不足，沈阳、抚顺、鞍山等市都开办了汽车学校，一时间近万名工人、学生、勤杂人员前往驾校参加培训，培训一结束就直接奔赴前线。

7月，朝鲜北部发生特大洪灾，洪水冲走了大量的军粮，就连公路都被冲垮了，205座桥梁全部被毁。

公路一遍遍修复，又一次次被冲毁，洪学智日夜奔走检查，心急如焚。如果大家都等着工兵部队抢修，物资根本无法供应。洪学智和陈赓商讨，发动二线军团、工兵团和后方勤务司令部全体成员投入抢修。

正在志愿军部队抵御洪水、抢修公路之时，美军出动了全军70%以上的飞机，共8.7万余架次，平均每天300多次，昼夜不停地对我军的后方发起一场大规模的"绞杀战"。志愿军在战场上，已经没有所谓的前线和后方的区别，只要有一丝亮光、一缕炊烟，轰炸机的声音马上就会逼近，随后便是一通狂轰滥炸。

为了抢运物资，后勤部队在长达2500多公里的运输线上，每隔1公里到2公里就设置一个防空哨，到了1951年年底，运输线上的防空哨兵多达1.26万人。

下雨、起雾、下雪，这些恶劣天气是运输部的最佳运输机会；便桥、浮桥、水下桥、虚假桥，后勤部队创造出了前所未有的隐蔽和掩护措施。

敌人的战斗机仍旧在头顶轰炸，数十万人日夜奋战，25天后，终于恢复了交通。

修路2425公里，建造桥梁涵洞1200多座，修筑汽车隐蔽部8000多处……在这样艰难、危险的情况之下，后勤部反而提前一个半月超额完成了运输任务。

1952年5月31日，美国第八集团军司令范弗里特在汉城的记者招待会上，不得不低头承认中国人民和中国军人的伟大："虽然联军的空军和海军尽了一切力量，企图阻断共产党的供应，然而共产党仍然以令人难以置信的顽强毅力，把物资运送到了前线，创造了惊人的奇迹。"

这些志愿军战士，吃着难以下咽的干粮，在一个陌生的国家，保卫着素不相识的朝鲜老百姓，守卫着祖国人民的安危，为中华人民共和国的发展创造了和平的环境。

（摘自《读者·庆祝中国共产党成立100周年特刊》）

和平年代的守护神
霹雳蓝

当你在互联网上清晰地看到一位缉毒警察的照片时，意味着什么？意味着，他已经牺牲了。

9月，正是秋高气爽，金风飒飒的日子。27年前的9月，是云南缉毒警察张从顺牺牲的日子。

1994年9月，在一次特大跨国毒贩抓捕行动中，张从顺和战友遭到毒贩的暴力反抗，最后毒贩引爆手榴弹，为了保护战友，张从顺壮烈牺牲。

当年，他最小的儿子张子权只有10岁，刚懂得离别的含义。泣不成声的张子权，用小手抹去满脸的泪水，哽咽道："我一看见爹爹的照片，就想哭。"

2020年4月，记者再次采访张从顺烈士的家人。此时，张子权已经不能露脸——义无反顾地，他也成了一名缉毒警察。

1

很多年前,我看过一部关于卧底缉毒警察的纪录片,镜头里被打码、变声的警察说:"和毒贩打交道,就是和亡命之徒打交道。缉毒警察是最危险的职业,毒贩经手的毒品基本以公斤甚至吨来计算,他们非常清楚自己是被判了死刑的人,所以一旦和警察交手,都抱着鱼死网破的极端心理。"

几乎是警察喊"不许动"的同时,毒贩已经举起了枪。

据说毒贩有一个不成文的规定:运送1公斤毒品,配一颗手榴弹;运送3公斤毒品,配两颗手雷;运送的毒品超过5公斤,就配一把勃朗宁手枪、数颗手雷甚至小钢炮。

当场牺牲的缉毒警察不计其数,幸存下来的,受伤率达100%。可以说,每一位缉毒警察都是遍体弹孔,满身刀伤。

2

1994年9月1日,在抓捕现场,张从顺和战友王世洲扑过去的同时,毒贩拉开手榴弹,"嘭"的一声,张从顺和战友瞬间成了血人。

"王世洲的胸口直接被炸成蜂窝状,张从顺整个小腿肚都被手榴弹炸没了……"

抓捕结束后,作为所长的张从顺,认为自己的伤不重,坚持先送重伤的战友。最后,只剩下张从顺了。此时,他处于严重失血的状态,没走多远,他的头就垂了下去,再也没能抬起来。

20多年了,那群中弹流血都没哭过的铁骨铮铮的汉子,在谈起牺牲的战友时，眼泪还是止不住扑簌簌地往下掉。

张从顺走了，抛下妻子和3个儿子。

失去至亲的痛，就像一道永远不会愈合的伤疤。

长子张子成极力克制着颤抖的声音，说："他跑遍了这里所有的地方，每一个角落都好像有他的身影。"

3

作为张从顺的妻子，彭太珍既要面对自己失去丈夫的痛苦，还要面对孩子们失去父亲的崩溃。但她始终表现得非常克制，极少流泪。

正是这样一位看似平凡的母亲，数十年如一日地践行着伟大的定义。

亲人因禁毒事业牺牲，一般人家大多不愿意自己的孩子重走老路，这是人之常情。但在这个家庭，父亲的牺牲反而坚定了3个孩子的信念：长子张子成，成为镇康县公安局凤尾派出所教导员；次子张子兵，成为临沧市公安局交警支队民警；三子张子权，像父亲一样，站在禁毒的一线。

面对孩子们的选择，彭太珍说："如果仍然选择这份职业，就一定要做好。"

3个儿子也非常了解母亲："就算担心，她也不会说出口。再说，不可能因为危险就不去做这件事情。再危险也不过是牺牲，对不对？"

4

就在父亲牺牲的那个夜晚，10岁的张子权直接跳过少年的不谙世事，认定了奉献一生的目标。

2007年，张子权毕业，一开始并没有在禁毒一线，而是历经了多岗位的磨炼。4年后，张子权认为自己足够成熟，不会给父亲丢人，才主动申请调入禁毒一线。

很快，他就成为禁毒战线上的一员猛将。为成功侦办生产制造K粉原料的团伙案件，张子权冒着生命危险，在境外原始森林蹲守跟踪毒贩20余天，最终找到制毒窝点；执行抓捕行动时，明知对方是武装贩毒，张子权仍主动请战；在确认目标车辆后，他第一个冲上去亮明身份，强行打开车门，和战友控制了5名毒贩，缴获毒品40多公斤。

"当时情况很紧急，对方迟迟不开车门。后来，我们在后备厢发现了一把枪。"张子权的同事回忆道。

从事缉毒工作9年间，张子权先后参与侦办重特大贩毒案件158起，缴获毒品27.7吨。

"每一次出任务，大家都会第一个想到他，每一个专案组都想让他加入。"

张子权总说："我还年轻，就应该多承担一点！"

2020年，新冠肺炎疫情暴发。出差在外的张子权得知单位要组建抗疫禁毒先锋队，第一时间请缨，奔赴抗疫最前线，到输入任务最重、条件最艰苦的防疫卡点。

在一起重大涉疫跨国违法犯罪案件发生后，张子权申请加入专案组。他与战友辗转多地，在30多摄氏度的高温下身着防护服、尿不湿连续奋战17天，最终抓获6名犯罪嫌疑人。

就在此时，张子权倒下了……

2020年12月15日19时，张子权同志经抢救无效、因公牺牲，年仅36岁的生命画下了句点，比当年他的父亲牺牲时，还年轻9岁。

5

父亲牺牲后,张子权曾说,母亲过得太苦了,以后要好好陪陪她。

但在面对"你父亲都牺牲了,别再干禁毒这一行"的劝说时,他又说:"如果怕死,就不当缉毒警察了。"一位缉毒警察许下陪伴的承诺,在心底里却早已做好随时赴死的准备。

26年前,在父亲的葬礼上攥紧了拳头、强忍泪水的哥哥张子兵,26年后,紧紧地抱着弟弟的骨灰盒,一言不发。

在张子权的追悼会上,那位平凡而伟大的母亲在众人的搀扶下,一眼又一眼地望向儿子的照片。她的眼里没有泪水,但无人能想象她心里的疼痛。

一如26年前的那个夜晚,这一次,失去丈夫和父亲的痛,将由张子权的妻子和女儿来承受。

张子权的女儿,只有5岁。扛下所有伤痛的妻子,只能一遍遍地告诉女儿,爸爸出差了。小女孩就一遍遍地给爸爸发微信:"爸爸,你什么时候才能回来陪陪我?我想你了。"

6

在中国,几乎每天都有一名缉毒警察牺牲。缉毒警察,是公认的和平年代最危险的警种之一。据统计,中国缉毒警察平均年龄为41岁。这是什么概念? 1800年,人类的平均寿命是37岁。

也就说,今天,当一群人选择吸毒、贩毒时,另一群人就已经接受了比普通人少活30多年的结局。

在这个壮烈的群像中，我们不要忘记有这样一个家庭：两代四警，一对父子，相隔26年，倒在同一个岗位上。

无论时间过去多久，只要有人记得他们的牺牲，就有人记得贩毒、吸毒的恶果，中国的禁毒事业就有希望。

（摘自《读者》2021年第21期）

烈火中的爱情

许晓迪

　　1943年，国民党的"白色恐怖"笼罩着重庆这片雾锁山绕之地。年初，中央信托局修好了新宿舍，有家属的人可以拥有独立住房。28岁的职员彭咏梧打算申请。此前，他一直和十几个同事挤在集体宿舍里，非常不利于开展工作——他的真实身份，是中共地下党重庆市委第一委员。

　　分房申请很快获批，家属却成难题。彭咏梧已结婚多年，妻子谭政烈和儿子一直在云阳老家。为防止敌人调查，来重庆后，他切断了与云阳的一切联系。

　　党组织开始在地下党员中物色"彭太太"。最终，23岁的江竹筠接下这个"嫁作人妇"的任务。二人将新家安在机房街，开始了"假夫妻，真同志"朝夕相处的生活。

　　彭咏梧有肺病，每当工作到深夜，江竹筠就把煮好的莲米汤送到桌上。

邻居们经常看到他们手挽手，有说有笑地出门散步。她称他为"四哥"，他则叫她"竹"。

假戏最终真做。1945年，经党组织批准，彭咏梧和江竹筠结为夫妻。一年后，他们的儿子彭云出生。

一天，彭咏梧在街上偶遇妻弟谭竹安。真相大白，谭竹安难以接受姐夫另娶他人。江竹筠找到他，说："如果革命胜利了，我们都还活着，到那时才能真正考虑怎样厘清这种关系。需要的话，我会把你姐夫还给你姐姐。"

江竹筠的一片坦诚破开了谭竹安心中的芥蒂，二人从此以姐弟相称。

1947年10月，彭咏梧去下川东组织武装起义，江竹筠前往协助。临行前，江竹筠写信给谭政烈，把刚满周岁的孩子郑重托付于她。这是两个女人之间唯一的一次通信，她们终生未曾相见。

1948年1月，起义队伍遭到伏击，突围中，彭咏梧中弹牺牲。他的头颅被敌人砍下，先被挑到奉节竹园镇游街示众，再被挂到竹园坪小学操场边的洋槐树上。

不久，谭政烈冒死到重庆，从同志手中接过了丈夫的另一个孩子。她改了名字，频繁变换住址，与特务周旋，带着两个孩子，躲过一次又一次的劫难。

此时的江竹筠，正在万县开展地下工作。端午节那天，她给谭竹安写信："每逢佳节倍思亲，我呢？还是这样不快活，也不太悲伤。当然有时也不禁凄然，为死了的人而流泪……"

几天后，江竹筠被捕，被关押在歌乐山下的渣滓洞监狱。1949年8月26日，狱中的她将衣被中的棉花烧成灰，加上清水，调和成特殊的"墨汁"；再把竹筷磨成"笔"，在如厕的毛边纸上，给谭竹安写了一封"托孤信"："我们到底还是虎口里的人，生死未卜……假若不幸的话，云儿就送给你了，盼教以踏着父母之足迹，以建设中华人民共和国为志，为共产主义革命事业奋斗到底。孩子们决不要骄（娇）养，粗服淡饭足矣……"

11月14日，江竹筠把《新民主主义论》塞给同牢的狱友，脱下囚衣，换上被捕时穿的蓝旗袍，梳梳头发，随敌人走向"电台岚垭"刑场。

一阵枪响，一片血泊。半个月后，11月30日，重庆解放。歌乐山脚下，从此多了一处巨大的坟茔，300余位烈士长眠于此。

很多年后，牺牲时只有29岁、身高1.45米的江竹筠出现在小说《红岩》中，有了一个更广为人知的名字——江姐。

1963年，北京电影制片厂决定将《红岩》改编为电影。改编用了两年，主演于蓝、导演水华多次到北戴河、重庆、成都、贵州收集资料，逐个走访幸存者，写下30多万字的笔记。小说作者之一刘德斌告诉他们：大屠杀中，他中弹倒下，醒来后觉得手很温暖，举起一看，全是血，原来自己倒在同志们的血泊中，血还是热的。

最令人难忘的还是于蓝饰演的江姐。编剧夏衍曾对她说："江姐不是刘胡兰，也不是赵一曼，不要横眉冷对，表现于外。"

丈夫牺牲了，她在人前忍住眼泪，却于深夜里在被子里痛哭；根根竹签从手指尖钉进，她面不改色地说："竹签是竹子做的，共产党员的意志是钢铁铸成的！"在狱中，她和同志们用铁片磨成的小刀当剪刀，以剩饭当糨糊，用被面、衬衫通宵缝制五星红旗……在理想、信仰的光焰下，爱情也有了别样的味道。现实中江竹筠与彭咏梧的"谍战+恋爱"，化作电影中"孤儿寡母照样闹革命"的注脚，激励着共产党人抛却世俗、舍生赴死。

2009年，谍战片《潜伏》播出，轰动一时。大结局里，余则成与王翠平这对"假戏真做"的革命夫妇天各一方——王翠平生下孩子，在老家的山头遥望远方；离开大陆的余则成，望着墙上的"结婚照"，默默流泪。

这是彭咏梧、谭政烈与江竹筠故事的遥远回响。在时代的惊涛骇浪里，有一种高贵的情感，超越个人的私利与爱欲，折射出信仰、悲悯与大义。

这就是烈火中的爱情。

（摘自《读者》2021年第5期）

烽火中，那一封绝笔家书

刘已粲

"烽火连三月，家书抵万金。"在渡江胜利纪念馆馆藏文物中，有一封珍贵的家书。7页信笺上，满是墨水书写出的娟秀字迹，落款名为陶迅。

陶迅，原名李鼎香，"陶"是他深爱的病故母亲的姓氏，"迅"则取自他最崇拜的作家鲁迅。渡江战役时，陶迅任第三野战军第24军《火线报》战地记者。

1949年4月17日，渡江战役发起前夕，陶迅接到家中来信。他花了两天时间，写下这封给父亲的3000多字长信。

在这封信中，陶迅述说了中国共产党人的初心："我党是有史以来真正为人民服务的一个政党，是最公正无私的。中国共产党的革命是为了世界上人人有饭吃，人人有事做。加入中国共产党的人都是最优秀的人，至少他们要打算不顾私人利益为大众服务。我过去在家中有饭吃、有书读，为什么要参加革命自找危险、自找辛苦呢？就是因为我当时已看出了共产党是人类最合理的一种党派。我是读书明理的人，如果共产党不好，我也不会冒了许多危险、吃了多少辛苦，参加革命事业。"

谈到革命部队时，他这样写道："共产党在20多年以前，还只有几十人；在日本鬼子投降以后，还只有几十万人，没有飞机，没有大炮，国民党有飞机、有大炮，有强大的、富有的美国帮助。为什么他们还打不过我们呢？为什么还被我们消灭了300多万部队呢？这不是偶然的，这不是因为共产党有天兵神将，只有一个原因，那就是共产党为人民办事，受到人民的拥护。父亲，您现在已有两个儿子参加了这项真正为人民服务的翻天覆地的伟大革命事业，这不值得您引以为慰吗？"

在信中，他还提到解放军的优良作风："共产党部队的士兵打起仗来像老虎，对待老百姓却像是儿女见了父母。我们部队驻到一个地方，士兵帮助老百姓耕田、挑水、担粪，那是最普遍的事情，至于打骂老百姓则绝对不允许。"

不幸的是，信件寄出3天后的深夜，陶迅乘一条渡船随部队第二梯队从北岸过长江，当船在江南安徽铜陵附近渡口靠岸时，他们不慎踩中敌人埋下的地雷，多名同志被炸伤，伤势最重的陶迅腹内大出血。

4月22日拂晓，陶迅的入党介绍人李干赶来看望。躺在担架上的陶迅奄奄一息，用尽全力撕下"中国人民解放军"的胸章递给李干："给你留个纪念吧！"

疼痛无情地折磨着他，大滴大滴的汗珠从陶迅的额头滚落。他一面咬牙强忍着，一面不忘自己的责任和使命。他用颤抖的声音断断续续地问李干："我算不算完成任务？"得到肯定的回答后，他终于松了一口气。

"把我的一切交给党。"在生命的最后时刻,陶迅向李干嘱咐,"把我口袋里的钱,当作最后一次党费。"

(摘自《读者·庆祝中国共产党成立100周年特刊》)

将军回乡当农民

邢 浩

甘祖昌从井冈山起步，参加长征、抗日战争、解放战争，革命足迹遍布大半个中国。

1952年春，时任新疆军区后勤部部长的甘祖昌检查完工作返程时，车翻到河里，他身负重伤，留下了严重的脑震荡后遗症。1955年，被授予少将军衔时，他对妻子说："比起那些为革命牺牲的老战友，我的贡献太少了，组织上给我的荣誉和地位太高了！"此后，他不止一次向组织写报告，请求组织批准他回江西农村。1957年，组织上批准了他的请求。

1957年8月，甘祖昌带着家属从新疆回到江西省莲花县。甘祖昌所在的坊楼沿背大队（现为沿背村）耕地大多是冬水田，亩产只有100多千克。他用挖地下水道排除污水的方法给农田开沟排水，粮食亩产量提高了50%。由于他带领群众在改造冬水田等方面成绩卓越，中科院江西分院聘请他为研究员。

1962年2月，坊楼公社（现为坊楼镇）书记刘可兴来拜访甘祖昌。甘祖昌说："我们公社的田得了两种病，一是'肺结核'，二是'胃肠炎'。犯'胃肠炎'的冬水田，我们大队已整治得初见成效。我想，可以利用修水库的办法医治得了'肺结核'的望天田。只要你能把这两种病治好，群众就会拥护你。"经过长期奋战，浆山水库建成了，灌溉水渠也同时完工，全公社水稻产量翻了一番。水库刚建成，甘祖昌又和技术员研究建发电站、机械修配厂和水泥厂等配套工程。只用了一个月时间，就将发电机组安装完成，全公社家家户户装了电灯，彻底结束了点煤油灯的历史。从1969年开始，甘祖昌和建筑工程师冒严寒、顶酷暑，3年间带领群众修建了大小12座桥，改善了全公社的交通条件。

1985年，甘祖昌旧病复发。住院期间，新疆军区首长和全体指战员派代表慰问。来人提出为甘祖昌在南昌盖房子，让他到南昌定居。甘祖昌说："感谢组织上和同志们对我的关心，我已经80岁了，还盖房子干什么？为国家节省点开支吧。"

1986年春节过后，甘祖昌病情严重，不时陷入昏迷。弥留之际，他嘴里仍在断断续续地说："领了工资……留下生活费……其余全部买化肥农药，支援农业……我不要房子，不要给我盖房子……"

2013年9月26日，习近平总书记会见第四届全国道德模范及提名奖获奖者时指出：甘祖昌是我们共和国的开国将军，江西籍的老红军，新中国成立后，他当了将军，但是他坚持回家当农民，我当小学生时就有这篇课文，内容就是将军当农民，我们深受影响。总书记强调，我们要弘扬这种艰苦奋斗精神，不仅我们这代人要继承，我们的下一代也要弘扬，要一代一代传承下去。

(摘自《读者·庆祝中国共产党成立100周年特刊》)

刑场上的婚礼

余驰疆

早在1949年参军前，就读于国立中山大学附中（今广东实验中学）的张义生就无数次听过"大师姐"陈铁军的故事。那是一段壮烈、热血又浪漫的革命爱情。

陈铁军，原名陈燮君，1904年出生于广东佛山的一户归侨商家。15岁时，受五四运动影响，她立下革命救国的志愿；16岁时，为了给当地富商家冲喜，她被父母指婚，嫁给不学无术的"富二代"；到了18岁时，为挣脱家庭的桎梏、寻求心中的真理，陈铁军变卖首饰和衣物，独自奔赴革命中心广州。1924年，陈铁军考入广东大学（今中山大学）文学院预科，并在两年后加入中国共产党。

入党后不久，陈铁军接到重要任务：解救被国民党抓捕的周文雍。周文雍是广东工人赤卫队总指挥，也是广州工人运动的领导人之一。陈铁军以其妻子的身份探监,送去大量红辣椒炒饭,嘱咐他吃完,而且千万不能喝水。很快,周文雍全身发烫,上吐下泻,有了得传染病的迹象,国民党只能将他移至医院。随后,党组织成功将周文雍救出,周文雍、陈铁军二人继续假扮夫妻进行地下工作。

1927年12月11日,广州起义爆发,周文雍领导的工人赤卫队配合教导团攻占国民党广州公安局。3天后,由于实力悬殊,广州起义失败,周文雍与陈铁军转移至香港。在外,他们是恩爱夫妻;在家,他们是有共同信仰的同志。每次家中一有异动,陈铁军就会将阳台上的花搬开,以警示周文雍先不要回家。在相互扶持中,二人渐生情愫,但因为事业不能谈及儿女私情。

1928年1月,为重建广州市委组织,周文雍、陈铁军冒险北上,因叛徒告密而被捕。他们遭受酷刑,始终不屈,周文雍在监狱墙壁上写下:"头可断,肢可折,革命精神不可灭。壮士头颅为党落,好汉身躯为群裂。"就义前,周文雍要求与陈铁军合影,二人在最后一刻才相互表明心迹,"周文雍将围颈之巾转绕其妻颈上,并与之握手;其妻则手持周颈部之绳,使勿缚急"。

就义时,周文雍23岁,陈铁军24岁。

这场绝恋令无数共产党人动容,周恩来与邓颖超悲痛落泪。周文雍是周恩来在广州担任中共广东区委委员长时的旧部,陈铁军更是在1927年"四一二"反革命政变中帮助因难产而住院的邓颖超死里逃生。因此,直到中华人民共和国成立后,周总理夫妇仍常常怀念周文雍和陈铁军。1962年2月,周恩来在紫光阁接见一批剧作家,动情地讲述了"刑场上的婚礼",号召作家将它写成剧本。也是当时,身处文工团的张义生得知总理的这番讲话后,开启了长达15年的取材、创作之路,并申请从北京调回广州。

15年中，张义生走访众多参与过广州起义的革命前辈，搜集了周文雍、陈铁军的不少书信，一遍遍打磨着作品。1977年，张义生突然收到了邓颖超的来信："把陈铁军烈士的事写成剧本是总理的生前愿望，这回得我来帮他还愿了。"张义生将剧本寄给邓颖超，很快得到了回应。反馈意见中，邓颖超又提供了多条线索，张义生决定再度南下。

回京后，张义生又收到了徐向前元帅的接见通知。在广州起义中，徐向前担任工人赤卫队第六联队队长，是周文雍的下属。徐向前向张义生回忆起义的点点滴滴：周文雍带领的赤卫队队员穿什么、吃什么，陈铁军如何假扮卖菜妇女给队员送枪和手榴弹，起义失败后他们又如何转移……一同被接见的还有长春电影制片厂的蔡元元和广布道尔基两位导演。前者曾在电影《鸡毛信》中饰演海娃，后者则是中华人民共和国第一位蒙古族导演。3个人就此组建起了电影的编导团队。

还有一位参与了广州起义的元帅对剧本编写格外关注，那便是聂荣臻。他曾4次接见创作团队，不厌其烦地讲述老战友的故事。聂荣臻和周文雍在起义中建立了深厚友情，后又共同负责赴港革命者的安置工作。周文雍受命回广州继续革命时，聂荣臻向组织表达了强烈反对："周文雍在广州很有名，回去很危险。"但周文雍自知广州有未竟的事业，毅然离开香港。离港前夜，聂荣臻和周文雍彻夜长谈，没想到那就是诀别。聂荣臻说："文雍与陈铁军在刑场就义，香港报纸刊登了他们的合影，我非常难过，就把报纸剪下来揣在身上，直到红军长征时天天打仗才丢失。"

那时，张义生不知如何塑造英雄的爱情故事。聂荣臻一锤定音："你们不要怕犯错误，胆子要大些。"

1979年夏天，带着万千期待，《刑场上的婚礼》在广州开拍。电影详细反映了周文雍和陈铁军的日常生活，既有革命中的激情和惊险，也不乏二人从假扮夫妻到真情流露的细节。广州起义的前一夜，他们站在窗前，谈论着对未来的向往、对革命的坚定，也谈论着各自心目中爱情的模样。这些与早年革命电影不太一样的"柔情"，反而使观众受到了更大的触动。影片最后，刑场上的周文雍和陈铁军站在象征英雄和爱情的木棉花树下，向群众宣布结婚。陈铁军的台词催人泪下："当我们就要把青春和生命献给党的时候，我们要举行婚礼了。让这刑场作为我们的礼堂！让反动派的枪声作为我们结婚的礼炮吧！"

在如今年轻人聚集的B站（视频网站哔哩哔哩）上，《刑场上的婚礼》仍有上百条弹幕，当周文雍和陈铁军就义的画面出现时，有网友写下："这就是信仰的力量。"

40多年前，张义生问聂荣臻："为什么总理、元帅对这个剧本如此在意？"聂荣臻说："一定要把这个故事写出来，让青年人懂得什么是革命，什么是爱情！"

"我们分担寒潮、风雷、霹雳，我们共享雾霭、流岚、虹霓。仿佛永远分离，却又终身相依。"这才是伟大的爱情。

（摘自《读者》2021年第16期）

发往70年前的电报

视 文

生命中最后一封电报

1948年12月30日凌晨，就在人们酣然入梦准备迎接新年的时候，在上海一间寓所的阁楼里，借着昏黄微弱的灯光，一双有力的手在电键上快速敲击着。终于，他摘下耳机，长舒一口气。谁知，下一刻，敌人就出现在他的面前。

在1948年那个隆冬的寒夜里，李白发出了他生命中最后一封电报。5个月后，他被敌人秘密杀害于浦东戚家庙，年仅39岁。那一日，距离上海解放，只有20天。

1958年，电影《永不消逝的电波》上映，无数观众第一次知道了李侠这个名字，知道了李白烈士的故事。然而，很少有人知道，在1000多公里外的西柏坡，有一名年轻的报务员，在收到李白的最后一封电报后，用了半个多世纪的时间去追寻一系列答案：对方是谁？他怎么了？他还活着吗？

这名报务员，叫苏采青。那一年，她只有16岁。

她的第一项任务

苏采青与电报工作结缘，还要从1947年说起。

1947年夏天，当时的中央社会部从延安中学、贺龙中学等单位选调了一批十几岁的学生从事报务工作，年仅15岁的苏采青入选。

为了尽快掌握通信技术，苏采青和其他学员一起到军委三局通信队参加培训。拍发电报、记忆36个数字和字母，在培训班里，陪伴苏采青的只有冰冷的发报机和一串串抽象的密码。

初到通信队的日子并不好过，苏采青每天都做着激烈的思想斗争。但渐渐地，她意识到，党的需要就是行动的指南，必须保证完成任务！通信队所在的培训学校坐落在高山上，当地气候奇寒。三九严冬，在没有炉火的教室里，苏采青日复一日地在冰冷的电键上敲击，练习拍发莫尔斯电码。她白嫩的双手冻得发红、僵硬，甚至生了冻疮，化脓发炎。但苏采青拒绝休息，一遍练不好就再练一遍，直到滚瓜烂熟。培训结束，正逢解放战争进入战略决战时期，军情紧急，刻不容缓，苏采青和战友们立即进入全军总电台实习。

实战是最好的训练。很快，成绩优异、技术过硬的苏采青脱颖而出，率先独立上机。在顺利完成了与辽沈战役中的东北野战军的通信联络任务后，苏采青被调回中央社会部，从事党台（公开称"地方组"）的联络工作。

刚到党台，苏采青就接到了她的第一项任务——联络上海的一个地下电台。为了保证安全，党台的工作纪律极其严明。每个报务员都只知道对方是何处电台、多长时间联络一次、联络的频道和呼号以及遇险时的警示信号，其余的便不能问也不能说。

尽管不知道对方是谁，甚至连性别、年龄也不知道，但苏采青接手工作后，很快就感受到对方是一位老手，发报手法熟练、流畅、纯正，绝不拖泥带水。这个人，正是李白。

亦师亦友的同行

1931年年初，红一方面军利用反"围剿"时缴获的国民党军电台，建立了无线电学习班，李白便是第二期学习班的班长。1937年10月，李白受党组织派遣赴上海潜伏，建立秘密电台。从此，一座无形而坚固的"空中桥梁"在上海与党中央之间架设起来。

与苏采青取得联络后，李白很快发现她是一个新手。凭借自己娴熟的技术，他常常在工作中慢慢引导苏采青。如果自己的电报不急，李白就会让苏采青先发。苏采青如果有报，就会发"msg（我有报）"，李白就会回复"please（请发）"。如果苏采青发得很慢，李白就会发"quickly（快一点）"，让苏采青快一点。由于电波极易受干扰，一个频率上可能有几千几百个电台，功率仅7瓦的收报机让李白的收报工作变得难上加难。但李白很少让苏采青重复发报，总是很快就记录下全部内容。有这样一位亦师亦友的同行，苏采青感到幸运而愉快。

可惜，好景不长，两个月后，一场变故如噩梦般突然降临。

3个"V"字电码

1948年12月30日凌晨，一段长长的秘密电波从上海黄渡路107弄15号寓所发出。这封电报的内容，正是对4个月后解放军发动渡江战役，突破国民党防线起到重要作用的国民党军队长江布防计划。发出这封电报的人就是李白，而这封电报也成为他生命的绝唱。当时，曾有领导提醒李白，由于有叛徒告密，建议他当天不要发报。但李白毫不迟疑地拒绝了，他坚定地说："电台重于生命，有报必发！"在敌人的重重包围之中，李白冒着生命危险按时发出了这条重要情报。发报机内的余温尚未散去，国民党特务便破门而入。

那一晚，在西柏坡等待李白发报的苏采青也感受到了异样。信号连通后，李白并没有如往常一样请苏采青先发报，而是自己抢先发出电文。就在苏采青抄录下第一段电文后，耳机里突然安静了下来，陷入漫长的停顿。起初，苏采青以为李白只是像往常一样，遇到了敌人的侦察车。但这一次，事情没有这么简单。一段时间后，李白再次与苏采青联络。苏采青还没来得及询问情况，李白发报的速度便陡然加快，显得十分焦急，全然不似以往。顾不得多想，苏采青只得赶忙聚精会神地将电报抄录下来。

终于，苏采青从耳机里听到标志结束的电码。但下一刻，她听到的不是平时工作完毕后道别的信号"GB（再见）"，而是十分急促的3个"V"字电码：滴滴滴答、滴滴滴答、滴滴滴答。

这是事先约定的警示信号，表明对方正处于危急情境！

苏采青心中警铃大作，顾不上关机，她连忙跑到台长那里报告了这一情况。未等台长回应，她又跑回电报机前，戴上耳机静静守候。

苏采青守在电报机前，双手牢牢按住耳机，生怕漏掉一点声音。她的心里只有一个念头——希望对方平安无事！她无比期待能再听到对方发来的信号，哪怕只是几声呼叫。

但她再也没有听到那熟悉的发报声。

跨越半个世纪的追寻

从那以后，苏采青心里始终有一系列疑问："我的联络人到底怎么了？他是谁？"这些问题在苏采青心中久久不散。因为彼此都是情报员，身份保护纪律异常严格，这场跨越半个世纪的追寻迟迟没有答案。

直到2005年的一天，苏采青在一份报纸上读到了一篇题为《〈永不消逝的电波〉原型——李白》的文章，文中描述的情节和自己在1948年年末那晚的经历极其相似！苏采青激动地剪下这则报道，将它小心翼翼地保存起来。

时间又过了3年。2008年，苏采青从报纸上得知，当时的中央社会部部长李克农早在上海解放第3天，就专电时任上海市市长陈毅，要不惜一切代价查明李静安同志（即李白）的下落。至此，60年之后，苏采青终于知道了她当年联络人的名字，李白。

两年后，在位于上海的李白烈士故居纪念馆里，苏采青注视着李白的遗像，久久不愿离去。在李白烈士生前工作的小阁楼上，苏采青双手抚过当年他使用的桌台，用置于桌面的电键打出了3个"V"字电码——那正是62年前李白发出的最后信号！当年懵懂稚嫩的少女，如今已是白发苍苍的老人。两位从未谋面的战友终于跨越时空的阻隔，在这里相聚。

在电影《永不消逝的电波》里，李侠坚定地说："为了中国的解放事业，我是光荣、自豪的，我已经看见中华人民共和国了，我看见了！"

2019年，正是李白烈士牺牲70周年。在《故事里的中国》节目现场，87岁的苏采青再一次坐在她熟悉的发报机前。她目光炯炯，手法娴熟，在电键上一下下敲击着，滴滴答答的发报声响彻演播大厅。70年后，苏采青终于发出了她当年未能回复的电报："李白前辈，您期盼的黎明，到了！"

（摘自《读者》2021年第6期）

父亲的边疆

虹 珊

1

1982年10月1日上午11点，父亲在老家茅湖岭大队简陋的大队办公室里，右手握拳，面对鲜艳的党旗宣誓："我志愿加入中国共产党……"回到家，他便对家人宣布："以后国庆节就是我的生日。"

他花甲那年，家里为他准备了简单而热闹的庆祝仪式。宴罢，我举着万年历，毫不留情地"揭露"他："1944年的农历八月二十三，您出生的那一天，公历是10月9日；1982年，您入党的那一年，农历八月二十三，公历也是10月9日。怎么看，跟国庆节都差了8天。"他激烈地辩解："生日生日，不就是讲究个意义嘛！"谁能奈他何呢？爷爷奶奶早已辞世，关于他的生辰，他当然具有无可争议的话语权。何况，他所说的意义更是不言自明。如果我稍有质疑，他便斥责说："你看你，书都白念了。"在他的意识里，世上的一切都自有意义如高山，它们一直就等在那里，而我必须要通过念书才能抵达。

2018年夏，连续两个周末，我回到家里，看见他几乎都是同一个样子：端端正正坐在松木椅上看书，戴着一副用胶布绑着的瘸腿老花镜。我简直出离愤怒了："给您配的眼镜呢？是打算将来留给我用吗？"半晌，他回复我："艰苦朴素和勤俭节约既是我们中华民族自古以来的美德，也是我们党的优良作风和传家宝。你看你，哪里像个党员？倒像个刺猬。"

在动不动就要义正词严地以身份定义言行举止的父亲面前，我只能偃旗息鼓。而他，就像一个战无不胜的士兵，机敏而警惕；又像一个威仪不类的将军，自尊又自得。

2

1982年，9岁的我日渐茁壮。那年年底，茅湖岭大队改称茅湖岭村，父亲被选为村党支部书记。此前，他在担任大队长兼信用社会计的4年里，待在家的时间就已十分有限，自从当上村支书后，他就更是一个十足的"外人"了——要么早出晚归，甚至十天半月不见人影，要么就带着一大帮人浩浩荡荡地踏进家门。

进门的人里，不是乡里的领导，就是攒了一堆鸡毛蒜皮问题的乡亲。领导们总是理直气壮地讨论各种工作，好像我家就是他们的临时办公室，不仅没完没了，遇到意见不统一时，有些人还会把我家的餐桌或唯一的破书桌拍得"啪啪"直响。乡亲们也不甘示弱，喝茶、吃饭、聊天、吵架，个个都自在得像在自己家一样。如果他们的问题解决了，自然皆大欢喜；如果当场无法解决，无论多晚，父亲都会跟着他们起身，去现场核实情况或去找其他相关的人当面协商。

这样的状况，持续了整整10年。10年间，父亲带领村民，刀削斧砍，硬是在深山密林里架起一根根木头电线杆，让每家每户从此拥有了明亮的夜晚。这些电线杆，前100根，采伐的全是我家的树；第一条线路，也始于我家的山林和田地。10年里，父亲弄回一批批树苗、药材、菌种，教全村人养蚕、育药材、种香菌和黑木耳，让平均海拔近千米的贫瘠高山村庄成功蹚出了多种经营的路子。他去镇里开会，每趟单程就要走30千米，在那条绵延起伏的山路上，横亘着两条汹涌湍急的河，而这样的路，他每个月最少得走三至四次。去住得偏远的村民家里，他常常要穿越荒无人烟的深山，要通过冷寂幽暗的坟场，要被狗追咬，要被蛇偷袭，甚至有一次还被老虎跟踪，而这样的农户，占了整个村子农户的近六分之一⋯⋯

村民们曾饱含热泪一次又一次向我讲述父亲的经历，但这并没有抵消我对他的敌意。我看见的，只是母亲一个人的操劳——只要父亲待在家里，母亲每天至少要做5顿饭替他招待一拨儿又一拨儿的客人。我知道的，只是父亲的无情：他的妻子，几乎没有享受到他的半点怜悯和疼惜；做儿女的，除了学费，几乎没有享受过他身为人父应有的顾念和温情。我感受的，只是身为他的家人的委屈和不幸：侍奉公婆、拉扯儿女、伺候七亩地，全部由母亲独自承担；而我们3个孩子，在不能替母亲分担挑水劈柴、耕田犁地等粗活累活的年龄，就必须洗衣、做饭、薅草、喂猪、放牛，一俟力气渐长，就不得不像母亲一样扎根农田⋯⋯那10年里，父亲不在家的日子是我最快乐的日子，因为我家不必倾其所有招待跟随他回家的那些陌生人。夏天我可以坐在通风的堂屋里听蝉鸣，冬天我可以待在暖烘烘的火屋里看母亲绣鞋垫，最重要的是，我可以在餐桌旁正儿八经地吃顿饭、喝杯水，可以轻松愉悦地安享母亲高超的厨艺。

即使1984年，他突发肠梗阻，因被错诊而严重耽误病情，差点儿长眠于手术台，我还是没有因此而原谅他、亲近他。在我的印象中，有他的日子，是他严格要求我的不自由时光；没他的日子，是我最需要享受父爱的关键成长期。他在场也好，缺席也好，似乎从来就没有融入过我的人生，没有参与过我的成长。我以为，我们之间从来就横亘着难以跨越的距离。

3

直到2007年12月8日，在众多同事的见证下，我右手握拳，对着党旗宣誓。也许因为是宣誓，从第一句开始，我就不知不觉使用了特别的语气却又刻意控制着力气，这让我得以清晰地听见来源于自己胸腔的声音，竟是那么沉稳和踏实。那声音似乎是一个发射场，让身体笼罩在一种奇异的磁场中；又像是大合唱，与整个身心的每一个细胞同频共振。它让我分外陌生却又异常熟悉……当最后念出自己的名字时，我突然惊醒了——这可不就是父亲的声音吗？！

是的，一点儿都没错，它只能是父亲的声音！要知道，自父亲年满60岁开始，每年10月1日的生日宴上，全家人举杯之前，他都会站起来，温习一遍入党誓词。他讲的是本地方言，语速慢，咬字重，听起来总是特别铿锵、激越。自然，当我和他做着同样的动作、读着同样的内容，他的声音和神情就整个儿覆盖了我，我的血液河流瞬间就被无比清晰地照亮了，我一眼就看见了自己的来处。

那一刻，我很是惊喜，以为自己终于回归，成了父亲的女儿，以为从此就会理解父亲。可是，当他每晚看完《新闻联播》慷慨激昂地发表见解时，当他就国家取得的各种辉煌成就讲出自己的想法时，我还是忍不住，不是讥笑他的盲目自信与故步自封，就是可怜他的一叶障目与井底蛙见。

但他并没有被我的不以为然和嘲讽所打倒，反而越挫越勇。2019年10月1日，借着观看国庆大阅兵的激越和豪情，在全家人举杯相庆的午餐上，父亲背诵完入党誓词后，竟然要给我讲十九大报告！我当时惊呆了。那么多专家关于十九大报告的解读，我都听了、看了、学习了……母亲小声说："他喝醉了。"好吧，看在酒的份上，我愿意体谅他的不自量力。

他离了席，站到沙发旁的空阔处，郑重地戴上老花镜，拿起那本他时常捧读的书，从第一页的主题开始，一直讲到"大道之行，天下为公"的思想来源，其间，自然夹杂着他对目前国际国内政治形势的判断，对我们党的历史的多次回顾和感叹，以及对国家领导人高屋建瓴的决策的由衷敬服和赞赏。每每说到关键处，他还会指着里面的段落，说明该处如此表达的必要性……

他瘦削的脸布满了红晕，随着眼睛的开阖、眉毛的颤动，脸上的皱纹尽情地绽放开来，像奇异的花朵，连左眼下方那块大大的褐色老年斑似乎都在欢呼雀跃。老花镜松松地挂在他的鼻梁上，总是将掉未掉的样子，他也不管不顾。而他的声音，不柔软也不完全刚硬，不细腻却也不完全涩重，它带着棱角，十分有力，似乎还有嗡嗡的回响。不，这些都还不够，忘形处，他还会不由自主地摇头晃脑……他是那么自得，那么自在，仿佛世间唯有他读着的书与他同在。

我完全被他异常饱满的情绪给深深攫住了，被他的自信甚至是自恋严重感染了：我的农民父亲，在神农架深处，用他的执着，坚持着他纯粹的、唯一的信仰，固守着他永远神圣不可侵犯的精神高地。

　　从这个意义上，我的父亲，几乎就是一个保边守疆的伟大英雄，因为他的所有年华，都是敬献给中国共产党的虔诚致礼！

（摘自《读者·原创版》2021年第8期）

不要对不起你奶奶

罗 尔

1

1921年,中国共产党成立。

这一年,李坤泰16岁。她是大户人家的小姐,家住四川宜宾白花镇,家中兄妹8人,她排行第七。李父早逝,大哥大嫂成了当家人。李坤泰想外出读书,大哥大嫂不许,李坤泰就写了一篇文章——《被兄嫂剥夺求学权利的我》,文中说:"我自生长在这黑暗的家庭中十数载以来,并没有见过丝毫的光亮……我极想挺身起来,实行解放,自去读书。奈何家长——哥哥——专横,不承认我们女子是人,更不愿送我读书……请全世界的姊妹们和女权运动者,帮我设法,看我如何才能脱离这个地狱家庭,如何才能完全独立?"

李坤泰的大姐夫郑佑之(1931年牺牲),是中国共产党宜宾地方组织创始人之一。他偶然读到李坤泰的文章,很是赏识,便推荐发表在向警予主编的《妇女周报》上。

1926年,国共合作,国民革命军开始北伐,形势一片大好。

2月,李家老少正欢欢喜喜过大年,李坤泰在二姐李坤杰的帮助下,离家出走。她疾走两天两夜,抵达宜宾,后考上宜宾女中,改名李淑宁。后来在郑佑之的介绍下,她加入中国共产党。自从走出白花镇,李淑宁就再也没有回去过,且越走越远。

10月,李淑宁考入黄埔军校武汉分校,成为黄埔军校第六期213名女学员之一,这是中国军事院校第一次招收女学员。李淑宁又改了个更有力的名字:李一超。

1927年,在北伐战争取得决定性胜利之际,国共合作破裂;共产党发动南昌起义,打响武装反抗国民党反动派的第一枪。

9月,李一超走得更远,漂洋过海去苏联,就读于莫斯科中山大学。在前往苏联的海轮上,李一超严重晕船,吐得天昏地暗。同行的40人中,有一个叫陈达邦的湖南小伙儿,对她百般照应,让她倍觉温暖。到达莫斯科之后,李一超和陈达邦的革命友谊上升为爱情,他们俩于1928年4月结婚。

1928年,井冈山革命根据地进入全盛时期,革命形势如火如荼。

11月,组织上需要李一超回国。此时,李一超已有身孕,本可以要求生完孩子再回国,但革命者的使命,永远大于家事。李一超没有丝毫犹豫,即刻启程。陈达邦百般不忍,意欲与妻子一同回国,李一超拒绝了,说大丈夫当以事业为重,岂可沉湎于儿女私情?陈达邦只好作罢,叮嘱妻子，若一个人带着孩子有困难，就把孩子送到他堂兄陈岳云那儿。他送给李一超一枚金戒指和一只怀表，夫妻二人挥泪作别。这一别，夫妻俩竟再未相见。

2

1929年，红军相继开辟赣南、闽西根据地，以此为中心，发展中央革命根据地。

1月，在宜昌地下交通站工作的李一超即将临盆，还挺着大肚子，为搜集传递情报东奔西走，且结交的人个个神神秘秘。房东觉得她很可疑，就以地方风俗为由——在哪里怀的孩子，就应该在哪里生，把李一超赶了出去。

眼看还有几天就要过年，孩子也快要出生了。李一超想起丈夫陈达邦的话，想去找他的堂兄陈岳云。无依无靠的女人，此时太想得到亲人的照顾了。可是，宜昌地下交通站，是李一超一手建立起来的，如果她一走，万一组织上有事，联系不上她，就可能造成重大损失。李一超不敢离开宜昌，甚至不敢离开租住的房子太远，就一直在附近寻找新的房子，但没有人愿意让一个来历不明的女人把孩子生在自己家里，李一超一时找不到住所。

夜幕降临，北风呼号，李一超徘徊街头，瑟瑟发抖。李一超原租住房的隔壁，住着一对贫苦夫妻，男主人是个搬运工。他们平时与李一超来往不多，但李一超的笑容让他们感觉亲切。他们不忍心看李一超流落街头，便把她接到自己家里，隔出一角，现搭一张床，让她住了下来。

第二天，李一超的儿子提前来到人世。参加革命以来，李一超一直过着动荡不安的生活。让中国人民过上和平安宁的生活是每一个革命者的理想，因此，她给儿子取名为宁儿。

但李一超注定不得安宁，还在月子里，收留她的这家男主人因赌博打架被抓了，女主人筹不齐罚款赎不出男人，整天唉声叹气。李一超不能坐视不管，便拿出陈达邦送给自己的金戒指，让女主人把男主人赎了出来。

然而，李一超的善举，给自己带来了麻烦。警方听说李一超卖金戒指赎人，起了疑心——这个神秘的外地女人，为什么会有金戒指？

李一超感觉不妙，抱着未满月的宁儿，匆匆去了上海。

此后的一年多，李一超一直在革命路上奔波，难得片刻安宁。

在上海，李一超遭遇过入室抢劫，劫匪把财物洗劫一空，还剥光了她和宁儿身上的衣服。母子俩紧紧搂在一起，以抵御冬夜的寒冷，好在，朋友得知消息后，及时送来衣服，才把他们救出窘境。

在南昌，因为叛徒出卖，300多名革命者血溅刑场。当军警从前门进来抓人时，李一超抱着宁儿，从后门逃离，因为情况紧急，她只来得及给儿子裹上毛毯。她一分钱都没有，只能卖掉陈达邦给她的怀表，买了一张去上海的船票。她必须尽快赶回上海，向党中央机关报告，南昌出了叛徒，以免造成更大的损失。在船上，李一超没钱买吃的，母子俩靠好心的乘客给点馒头分点粥，熬过了两天两夜的水路。

革命之路，步步凶险。只要李一超回宜宾老家，或者去找丈夫的堂兄陈岳云，就能过上富足快乐的日子。但对个人的富足快乐，革命者不屑一顾，从踏上这条路的那一天开始，他们就坚定地要将革命进行到底。

革命之路道阻且长，李一超无所畏惧，但她怕儿子陷入险境，也怕自己不能全心全意投入革命。因此，即将接受更艰巨的任务前，她把儿子送到汉口，托付给陈岳云。

骨肉离别之际，李一超带宁儿去拍了两张合影，一张寄给还在莫斯科的丈夫陈达邦，照片背后写着宁儿的出生日期和时辰，一张寄给宜宾的二姐李坤杰，给家里报平安。

3

1950年，中华人民共和国成立的第二年，国家大力宣扬革命英雄主义，讲述革命英雄故事的电影《赵一曼》应运而生。

赵一曼的故事感动了全中国人，这其中有一个叫陈掖贤的小伙子，他连看几遍电影，看到赵一曼受刑时，忍不住潸然泪下。

陈掖贤就是长大了的宁儿，他不知道，赵一曼就是他失踪多年的妈妈李一超。

电影摄制者也不知道，赵一曼是四川宜宾人，原名李坤泰，又名李淑宁、李一超。那个时期的许多作家、记者写过赵一曼，但没有人知道她来东北抗日之前，有过怎样的经历。

革命年代，许许多多的英雄，不知出处。

1953年5月，李一超的二姐李坤杰给周恩来总理写信，请求查找1930年左右在上海工作过的地下党员李一超。周总理将此信批转有关部门处理。

1955年1月2日，李坤杰写信给陈掖贤的姑妈陈琮英，告知：经李一超的战友和东北革命烈士纪念馆确认，赵一曼就是陈达邦的妻子、宁儿的妈妈李一超。

得知自己的妈妈是英雄赵一曼，陈掖贤哭了。

陈掖贤一直过得很清贫，但他没去领国家发给烈士家属的抚恤金，只去东北革命烈士纪念馆抄了一份妈妈临刑之前写给自己的遗书。

宁儿：

　　母亲对于你没有尽到教育的责任，实在是遗憾的事情。母亲因为坚决地做了反满抗日的斗争，今天已经到了牺牲的前夕了。

　　母亲和你在生前永远没有再见的机会了。希望你，宁儿啊，赶快成人，来安慰你地下的母亲！我最亲爱的孩子啊！母亲不用千言万语来教育你，就用实际行动来教育你。

　　在你长大成人之后，希望不要忘记你的母亲是为国而牺牲的！

你的母亲于车中
1936年8月2日

　　1982年，陈掖贤意外离世，临终时，他给自己的孩子留下了几句话："不要以烈士后代自居，要过平民百姓的生活。以后自己的事自己办，不要给国家添麻烦。记住，奶奶是奶奶，你是你！否则，就是对不起你奶奶！"

　　许多年以后，一个参加过侵华战争的日本老兵，找到李一超的孙女陈红，表示忏悔。长相酷似李一超的陈红说："对不起，我不能接受。你老了，要在良心上得到解脱，可我的国恨家仇怎么办？再说，贵国政府一向的态度，都使我不能接受你的忏悔。"

　　日本老兵想给陈红一些钱，陈红也没有要："我爸爸连我奶奶的烈士抚恤金都没要，我怎么能要你的钱？"

（摘自《读者》2021年第17期）

当代愚公
杨学义

"下庄像口井,井有万丈深。来回走一趟,眼花头又昏。"重庆市巫山县竹贤乡下庄村,四面群峰耸立。村民世世代代传唱着这首山歌。过去村民要出村,得向后山攀爬,绕过108道"之"字拐,越过三个巨大的山墩子,才能翻过海拔1300多米的山峰。爬到最高的山墩子上,会看到一派壁立千仞之景,煞是惊人。其中最高的一座孤峰状如龙头,恰似仰天长啸,是为"笑天龙"。

而如今,一条蜿蜒8公里的公路悬挂在巨石嶙峋的山崖边,从高空俯瞰,竟也恰似一条缠绕在群山之中的卧龙。如果天气晴朗,站在路途最险处的"私钱洞"观景台眺望,人们不禁会慨叹:有谁能想到,这竟是下庄村村民用双手硬生生凿出来的天路!

带领村民凿出这条天路的,就是在2021年2月25日获得"全国脱贫攻坚楷模"荣誉称号的下庄村党支部书记毛相林。

被时代消解的世外桃源

当记者沿着绝壁之路行进在去往下庄村的途中时，正值大雾。没了远方景色的参照，虽体会不到壮观，却恍若身处仙境。当终于走到山沟里的下庄村时，就能体会到一派其乐融融的世外桃源之景。

"这个村子至少有500年的历史了，最初张姓人家为大户，从他们最初的选址来看，应是看中了这里肥沃的土壤。"毛相林向记者娓娓道来。在农耕时代，这里真的可以媲美桃花源。从自然条件来看，下庄村在农业种植方面堪称得天独厚。毛相林说，即便在物资匮乏的时代，这里的村民一年也能杀两头猪，种两季苞米，"可以说一年四季都有收入，很多住在山外、山上的女子都愿意嫁过来"。

这种情况在20世纪90年代发生了变化。全村人察觉到，越来越多的下庄村姑娘出去了就不再回来，外村的姑娘也不愿嫁到这里来。

村民看到"光棍"越来越多，开始着急了：断了香火怎么办？此前，在村里任团支部书记、民兵连连长的毛相林经常要翻过后山，去外面采购肥料。在80多公里外的村子，他看到村民家中摆了一些新鲜"玩意儿"，好奇不已。询问后他才知道，这些东西是电视、冰箱，"他们还告诉我，冰箱可以冻肉、冻菜，可以保鲜"。毛相林感到很羞愧，几百年来，下庄人享受着丰饶的物产，但与生俱来的骄傲气质瞬间被外面那些他们不了解的现实摧毁了。

1997年，一组修路前的数据让人触目惊心。在下庄村的96户397人中，有100多人没去过县城，也没见过公路、汽车和高楼；有300多人没见过电视；有100多人从未看过电影。好几户下庄村村民对记者说，在他们的印象里，村里好几个老太太不到20岁就嫁到这里，但至死再未出过山。

再高的山，都挡不住时代的变化。毛相林深刻地意识到：下庄村的闭塞与时代的巨变越来越格格不入。如果再不见世面，下庄人就难生存下去了。

不顾一切，凿出去

遇到晴朗的天气，汽车行进在下庄村陡峭的绝壁上，一路险象环生。在鸡冠梁、私钱洞、鱼儿溪等关键路段行驶，更是心有余悸。

1997年，刚刚担任村党支部书记不久的毛相林与驻村干部一拍即合，铁了心要在悬崖峭壁上凿出一条路来。"毛相林是不是疯了？"有的村民质疑他异想天开，有的则质疑他会因缺乏资金半途而废。但也有迫切想修路的村民算了一笔账：如果每家每户喂一头猪，每头猪100公斤，卖400元，全村一年就可以卖将近4万元，10年就是40万元，可以买40吨炸药、雷管、导火线等修路物资。而只要3吨炸药就足以支撑修两个月的路，剩下的时间，村民可以外出打工，养家的同时继续攒钱修路。当时，毛相林对村民们说："山凿一尺宽一尺，路修一丈长一丈，就算我们这代人穷十年苦十年，也一定要让下辈人过上好日子。"在表彰大会上，他的这句话也被习近平总书记引用了。

村民动容了，短短5天，就筹集了3960元，作为第一笔修路资金。毛相林找到母亲，他的母亲是位老党员，将省吃俭用攒下的700块养老钱借给他。毛相林还将房子抵押出去，贷款修路。"如果这个时候我不冲在前面，不带头，老百姓怎么会服？"

村民最担心的，还是安全问题。在悬崖峭壁上修路，怎么会没有危险呢？在下庄村，由于煤炭运不进来，村民只能靠劈柴取暖，而树木多长在高山悬崖，数年来有很多村民都因砍柴坠崖身亡。

最终，村民们被说服了，纷纷签订生死状。1997年农历十一月初八，首批80名修路村民集体奔赴悬崖之上的鱼儿溪畔的龙水井，并在附近悬崖安装了炸药。随着毛相林一声令下，轰隆隆……下庄村的希望之路开凿了。

几乎每一个村民都有几次与死神擦肩而过的经历。从1997年开工到2004年贯通，全村因修路一共牺牲了6个村民。

1999年8月的一天，村民沈庆富被山上掉下来的巨石砸中脑袋，坠崖身亡，年仅26岁。那一天，他刚刚请了两天假，准备下山与半年未见的妻子和不满3岁的孩子团聚。而坠崖前，他正趁着黄昏，往前赶工。50多天后的9月30日，36岁的黄会元也被石头砸中了脑袋，坠崖身亡。"想脱贫致富嘛！其实修这条路，我们这代人也享受不到什么，主要是为子孙后代造福。"牺牲的前一天，恰有记者到一线采访，面对摄像机，他说出了这句话，这也是他生前留下的唯一影像。

20多年过去了，毛相林对黄会元依然心存愧疚。黄会元本来已经在1995年举家迁往湖北省荆门县，他在当地采石场，学会了凿岩机技术。是毛相林说服黄会元回来的，而黄会元跟妻子软磨硬泡，最终才决定带着3个孩子回乡。村民冲到崖底，将黄会元的尸首抬回了村，交给他父亲黄益坤。"我们晚辈都叫他坤爷，这个人脾气古怪，性格孤僻，我们从小就怕他"，毛相林做好了挨打挨骂的准备，下决心负荆请罪。但没想到黄益坤并未责怪谁，反而对他们说："没想到你们还能把他的尸首抬回来"，还嘱咐将原本为自己准备的那口棺材给儿子用。

10月1日晚上，全村为黄会元举行了葬礼，毛相林的心理防线崩溃了。以往面对村民的质疑，甚至攻击，他丝毫没有动摇、退缩过，但短短50多天内接连死了两名乡亲，他有了放弃修路的念头，全村村民也陷入巨大的悲痛中。就在这时，谁也没有想到，黄益坤在葬礼上说了这样一番话："我儿牺牲了，我还要动员全村老幼再努一把力，再添一把火，把这条路修通。只有把路修通了，子孙后代才可以摆脱贫困！"

全村人震惊了，没想到这个怪老头竟如此深明大义！毛相林被点醒了：乡亲们不能白死啊！于是他对所有在场的村民高喊："同意继续修路的请举手！"此时，所有村民都举起手，自发喊出："我们同意！"可以说，从黄益坤说出这句话开始，下庄的这条天路就注定要修通了！后来，又有4名村民牺牲，也有人受伤，但毛相林和村民们再也没有动摇过。

修"天路"难，走致富路更难

2004年4月，这条8公里长的"天路"终于凿通了。毛相林找了一辆车开进村，全村男女老少跟在后面，啧啧称奇，"真是菩萨显灵"！不少老人还是第一次看到汽车。毛相林更加清醒地意识到，修路只是让村民摆脱贫困的开始。

路修好后不久，毛相林开始规划村中产业，他看中了利润最高的漆树。"种这种树基本不会有什么成本，冬天埋下来，第二年春天就能长高，利润也高。"不过让他意想不到的是，"老百姓一沾到生漆，皮肤就会烂，尤其是夏天，我们这里气温高达40多摄氏度"。更让他没想到的是，漆树怕高温，到了第二年夏天，树全部死掉了。

2008年，种植漆树失败后，毛相林将目光投向养蚕。但是由于种植桑树的方法不当，蚕吃完后营养不良，也都死掉了。2010年，不少村民又看到村里有些农户养山羊增收显著，于是自发购买山羊，在山地放牧。可是漫山遍野的山羊在下庄村跑，最要命的是吃村民田里的庄稼。许多被吃了庄稼的村民要求羊主人以山羊作赔，双方因此打得不可开交。最后，村里统一安排将山羊卖掉，才最终解决了纠纷。

从2010年到2013年，毛相林经历了脱贫之路的"至暗时刻"。"那段时间，村民经常埋怨我，说好几次听我的都失败了。闲言碎语也很多，我当时赌气，不想搞了。"毛相林在村里面临着信任危机。现在再回想那段岁月，他说："修路难，发展更难。修路还可以靠一股蛮劲儿干，但发展不行，要靠科学。"摸索了好几年后，毛相林才意识到这一点，于是开始向外界求助。

他遍访县里的农业专家，还到周边各地求人指导。"在外到处求人，回村还要受冷嘲热讽，面对这种情况不委屈吗？"记者问。"其实只要党员干部做了一点好事，老百姓就能记住，我还是没有做好。我这个党支部书记，不是给个人当的，是给大家、给老百姓当的，就是要给老百姓谋福利。如果老百姓有怨言，那就要怪你不善于总结，要有勇气将事情一件件给老百姓解释清楚，让他们心服口服地重新信任你、拥护你！"毛相林说。

2013年，经过深思熟虑，毛相林重新出发，推广"纽荷尔"脐橙种植。不少村民依然不敢投入资金，因为往年真金白银扔进去没有回报，他们担心钱再次打水漂。但这次毛相林有了底气——他不仅充分咨询了专家，还看到邻近的奉节县成功种植"纽荷尔"，增收效果非常好。他还积极争取政策支持。"当时县农委有专项资金，不仅不要树苗钱，村民挖一个窝子还给10元钱，长活一棵树苗给5元钱。老百姓觉得这是给他们打工了，有保障，就搞嘛！"现在再来到下庄村，可以看见漫山遍野红彤彤的"纽荷尔"。"村里的1000亩地，现在有650亩种植'纽荷尔'。"2018年，村里成立专业合作社。2019年，"纽荷尔"迎来第一年丰收。

我理解的下庄精神：不怕死，死不怕

每个人都向往美好的生活，但每条通往美好的人生之路，注定和那条天路一样，惊心动魄，险象环生。

毛相林个子不高，自称"毛矮子"，村民也都这样叫他。在下庄村，还有很多个子矮、身体瘦弱的村民，但他们内心蕴藏着巨大的能量。"其实我是个不好惹的暴脾气，别人数落我，我真想直接站起来搞他两下！"正是下庄村这样一群小个子，携手征服了巍峨群山。

"我理解的下庄精神就是：不怕死，死不怕！"毛相林说，如果下庄村村民怕死，就修不出这条路。"以前，我们即便死了人，还是要继续修路，现在不需要我们付出生命代价，只需要科学和智慧就能致富，为什么就不能坚持呢？"

毛相林被称为"当代愚公"，但这种"愚"是一种"大智若愚"。也许，只有主动迎击人生的难、世间的险、岁月的苦，在阵痛中拥抱变化，甚至在必要时义无反顾地牺牲，才能真的迎来美好的人生。毛相林说："我想，这些不光在修路上有用，在脱贫攻坚上有用，在各行各业，也能让人终生受用！"

（摘自《读者》2021年第11期）

芳华无悔

徐海涛　屈　辰　何　伟　农冠斌　卢羡婷　朱丽莉

她的一生，定格在芳华绽放的30岁。

她从北京师范大学硕士毕业，放弃在大城市工作的机会，回到家乡革命老区百色；她选择到贫困村担任第一书记，把双脚扎进泥土，为脱贫攻坚事业殚精竭虑；她忍痛告别重病卧床的父亲，连夜冒雨奔向受灾群众，面对危险坚定前行，不幸遭遇突如其来的山洪，年轻的生命永远定格在扶贫路上……她就是广西壮族自治区百色市乐业县新化镇百坭村第一书记——黄文秀。

朝着受灾群众的方向

每当进入雨季，广西百色大石山区时常遭受洪涝、塌方、山体滑坡等自然灾害侵袭。2019年6月16日晚，电闪雷鸣、暴雨倾盆，一条从百色市通往乐业县的山路被突如其来的山洪淹没。黄文秀在驾车返回乐业县的途中遭遇山洪，不幸遇难。

车前挡风玻璃上的雨刮器高频地刮动，却看不清车灯下前行的路，只有滚滚洪水从眼前涌过……从黄文秀最后用手机拍下的画面，可以看到当时的情景是何等危险。

在单位的工作群里，同事们纷纷给黄文秀留言："太危险，赶快掉头！""注意安全！""不要走夜路……"然而，凌晨1点以后，群里再也没有了黄文秀的回复，她的电话也打不通……救援一直在紧张地进行，等待的时间令人煎熬，黄文秀的家人、同事、朋友的内心仍然抱有希望。然而，6月18日传来的却是噩耗。

同事们的劝阻、父亲的挽留，都没能留住黄文秀。

黄文秀利用周末回家看望做完第二次肝癌手术的父亲，看着天气突变，于6月16日急着返回百坭村。病床上的父亲非常担心，说："天气预报说晚上有暴雨，现在开车回村里不安全，明早再回吧。"

"正因为有暴雨，我更得赶回去，怕村里受灾，我得马上走了。"面对父亲的挽留，黄文秀叮嘱了一句"按时吃药"，便启程回村。谁也没想到，这竟成了黄文秀留给父亲的最后一句话。

一路上，她不断与村党支部和村委会干部联系，询问当地雨势和灾情，特别叮嘱要关注几个重点村屯，要立即组织群众防灾救灾。

回忆起当晚的情况，村党支部书记周昌战几度哽咽："在那么危险的情况下，她想着的却是村里的灾情……"

我就是要回去的人

　　1989年出生的黄文秀性格开朗、活泼。同学们对她的印象是：爱美，喜欢穿裙子，会弹古筝，写得一手好字，有一点空闲时间就专心致志地学画画。她身上总是散发着一种热情阳光的感染力。

　　时间来到2016年的毕业季。位于人生的十字路口，不少同学都在为找一份不错的工作而操心。黄文秀也有许多选择，但她没有留恋都市的繁华，毅然回到革命老区百色，作为优秀选调生进入百色市委宣传部工作。

　　百色位于广西西部，自然条件较差，是广西脱贫攻坚的主战场之一。2018年3月26日，黄文秀响应党组织的号召，到偏远的乐业县百坭村担任第一书记。

　　有同学问过她，为什么要放弃在大城市工作的机会，偏偏回到贫穷的家乡？她回答："很多人从农村走了出去就不想再回去了，但总是要有人回去的，我就是要回去的人。"

　　了解黄文秀的人都说，她是一个懂得感恩的人。由于父母亲身体不好，家境贫寒，黄文秀通过国家的助学政策完成了学业。上大学后，她积极向党组织靠拢，并以自己品学兼优的表现，成为一名共产党员。

　　黄文秀在入党申请书中写道："只有把个人的追求融入党的理想，理想才会更远大。一个人要活得有意义，生存得有价值，就不能光为自己而活，要用自己的力量为国家、为民族、为社会做出贡献。"

　　黄文秀的父亲理解女儿，也支持女儿的选择："你入了党，就要为党工作，回到家乡做一名干干净净的人民公仆。"

我心中的长征

石山林立的百坭村是深度贫困村,全村472户中有195户贫困户,11个自然屯很分散,最远的屯距村部13公里,好几个屯和村部的距离都在10公里以上。初到村里,黄文秀就碰了钉子。

"我们这里穷了那么多年,真的能脱贫吗?""你一个女娃,能行吗?"一些村民议论纷纷。黄文秀一开口就是普通话,敲贫困户的家门时甚至会吃闭门羹。好不容易进去了,打开笔记本,群众却不愿多说。

脱贫攻坚时不我待,必须尽快打开工作局面,黄文秀急得哭鼻子,晚上回到宿舍整夜睡不着。

要取得群众的信任,就要从内心把群众当亲人,急他们所急,想他们所想,真正和他们打成一片。黄文秀请教有驻村经验的同事和村里的老支书,悟出了这些道理。她改变了工作方法,到贫困户家不再拿着本子问东问西,而是脱下外套帮助他们扫院子、干农活;贫困户家里没人,她就去田里,帮他们摘砂糖橘、种油茶,一边干活,一边唠家常;她不说普通话了,学着说方言……

53岁的贫困户韦乃情回忆起黄文秀,泪水在眼眶里打转。老韦清楚地记得,黄文秀往他家跑了12次,细心了解他家的实际困难,分析贫困原因,商量对策,帮他申请扶贫贴息贷款。韦乃情种植了20亩油茶,2018年顺利实现脱贫。"她一心一意帮我,像我的女儿一样!"韦乃情说。

黄文秀周末经常不回家。她走访了全村所有的贫困户,还绘制了村里的"贫困户分布图",每一户的住址、家庭情况、致贫原因等,都一一标注在笔记本中。

群众从开始接纳黄文秀,到打心眼儿里喜欢她、敬重她。一些人开玩笑说："你这个女娃娃还真是'难缠'得很哩！"

　　山路太远，黄文秀还要不时去镇里、县城开会，为了提高工作效率，她将私家车开到村里当工作车用。到2019年3月26日驻村满一年，汽车仪表盘上显示的里程数正好增加了2.5万公里，当天她发了一条微信朋友圈："我心中的长征！"

　　黄文秀曾对朋友说："长征中，战士死都不怕，在扶贫路上，这点困难怎么能阻止我前行？""作为驻村第一书记，不获全胜，绝不收兵！"

干出一片新天地

　　扶贫之路充满艰辛。黄文秀白天走村串户访问贫困户，分析致贫原因，晚上与村"两委"研究脱贫对策，制订工作方案并全力推进落实。夜深了，她一个人孤零零地住在村部一间面积不足10平方米的小屋子里。

　　她给村里的扶贫工作群取了一个响当当的名字——百坭村乡村振兴地表超强战队。

　　没有脱贫产业就不能实现可持续发展。为了解决山里的产业短缺问题，黄文秀带领村干部和群众学经验、找路子，立足当地资源，大力发展杉木、砂糖橘、八角、枇杷等特色产业，请技术专家现场指导，挨家挨户宣传发动，鼓励党员带头示范。

　　让农产品能够对接市场是实现贫困群众增收的关键环节。百坭村的砂糖橘种植从500多亩发展到2000亩，为打通销路，黄文秀多方联系，把客商邀请到村里来，还在微信朋友圈发销售信息。云南、贵州等外省果商来到村里，一次性收购几万斤砂糖橘。大卡车一辆接一辆地开进来，把村里的道路塞得满满当当。

黄文秀的奔忙带来了她渴望的收获，昔日的贫困山村发生了变化。2018年，百坭村88户贫困户实现脱贫，贫困发生率从22.88%下降到2.71%。

2019年6月14日，黄文秀穿着印有"第一书记黄文秀"的红色马褂，双手撑在黄土上，爬到河沟边查看被暴雨冲毁的水利设施，当晚就组织村干部制订了抢修方案。她计划回村后立即实施，避免影响群众生产。

这是她在村里留下的最后背影。

青年的榜样

2019年6月22日上午，百色市殡仪馆，黄文秀的骨灰被安放在鲜花翠柏丛中，上面覆盖着鲜艳的中国共产党党旗。告别的人群中，一位瘦弱的老人久久地凝视着上方的遗像，老泪纵横。他是黄文秀的父亲黄忠杰。

在生前发的最后一条朋友圈消息中，黄文秀展示了她买给父亲的营养品。身患癌症的父亲明白，除了脱贫大事，女儿最惦念的就是他的身体。

经过两次手术的黄忠杰吞咽困难，但他说自己一定会坚强："我现在每天都努力吃东西。虽然很难吃下去，但为了让文秀放心，我也要拼命吞下去……"

父亲曾这样对女儿说："没有共产党，我们家不可能脱贫。"黄文秀选择回到家乡工作，他很欣慰，常常叮嘱她认真为党工作，为群众办事。

望着手腕上的银手镯，黄文秀年过六旬的母亲悲痛不已。2019年的妇女节，黄文秀给妈妈买了这个礼物，手镯内侧刻着4个字——女儿爱你。

黄文秀的同事、同学、朋友们都知道，这个懂事的姑娘深深地爱着她的亲人。但是，作为第一书记，她心里始终装着村里的贫困群众，为了群众，她常常顾不上亲情。

"文秀的生命正值芳华却戛然而止，令人无比伤痛。她坚守初心使命，用生命践行了一名共产党员对信仰的无比忠诚，无愧于'时代楷模'的称号。"黄文秀的好友、曾经在百色市凌云县上蒙村担任第一书记的路艳说，"她是我们青年的榜样，将激励我们为党和人民的事业勇于担当作为。"

"芳华虽短，但灿烂地绽放过，馨香永存！"黄文秀去世后，她的朋友李黎看着文秀的画作，忍不住泪流满面。黄文秀留下的两幅画，一幅是父亲背着小女儿的素描，温馨动人；另一幅水彩画上，金黄的向日葵正迎着阳光绽放。

（摘自《读者》2021年第7期）

嫂 镜

王宗仁

喜马拉雅山巅的那片六月雪，每天总是最先触摸到灿烂的阳光。多情的朝霞把它涂成了一只天河中的红鲤，静卧世界屋脊的制高点。太阳渐渐升高了，山巅才还原成本色，一片白雪。

这些日子，在山下哨所20多个兵的眼里，那片红鲤般的积雪突然变成一位亭亭玉立的军嫂形象。嫂子凝视着寂静的营房，日夜伴着孤独的兵们。她那美貌容颜比身边的雪莲花还要动人。很巧，军嫂的名字就叫雪莲。

雪莲是排长的妻子。

在不朽的荒原，在荒原的那个黎明，当嫂子满身沙土一脸疲惫地走下汽车，站在哨所后面的雪地上时，边防线上一下子就变得欢腾热闹起来。这里有女性落脚，绝对是历史性的。兵们除了在哨位上正执勤的以外，其余的倾城而出迎接这位仿佛从天国而降的花仙子。

用"千里少人烟,四季缺色彩"来形容边防线军人的单调生活和自然界的枯燥荒芜是一点也不过分的。哨所驻地是清一色的男子汉世界,他们穿的衣服、睡的床铺、吃的饭菜,甚至连出口的话语皆为很规范的男子化、军事化。在此地难得见个女人,偶尔碰上一只狐狸也是公的。(不知为何?)在这里建厕所不必设女厕所,盖澡堂不需要修女池,兵们夜里睡觉时身上再赤露,平日穷侃时言谈再粗鲁也不用担心撞上女性。

没有女人的世界是个苦涩而熬人的地方。

雪莲出现在兵们面前的那个时刻,喜马拉雅山的山腰肯定挂起了一道彩霞。兵们高高兴兴而又惶惶恐恐地簇拥着嫂子,谁都想和她握手,可是谁都害羞得不好意思把手伸出来。最后,忽然站出来一个兵,对围着嫂子的兵们说:"听我统一指挥的口令,向后退三步走!"

兵们老老实实地听从他指挥,后退三步,离开了嫂子。那个兵又下达第二道口令:"立正,敬礼,嫂子好!"

兵们齐刷刷地举手敬起了军礼,众口一声地喊道:"嫂子好!"

嫂子怎么承受得了如此隆重的礼遇,忙用双手做着往下压的动作,连连说:"弟兄们,别这样,千万别这样!我是来看望丈夫的,也是来看望你们的。放心吧,嫂子会把你们当亲弟弟看的,疼爱小弟兄们!"

说毕,她恭恭敬敬地给大家鞠了个躬,说:"妻子是属于丈夫的,嫂子是大家的。我乐于为弟兄们做事!"

军嫂就是这样到了边防线上。

兵们就是用这样特殊的仪式迎接了军嫂。

嫂子的到来给哨所增添了色彩。这,从兵们闪着光彩的瞳仁里可以看出,从他们那咧着的嘴唇间能感觉得出。当然,最主要的是每天早早飞来立在屋顶上喳喳叫个不停的那只喜鹊使兵们觉得这日子着实有了活跃的色彩。喜欢幽默的班长逗着大家说:"以前你们谁见咱这儿天天来喜鹊,而且叫得这么欢畅?没有嘛!人家喜鹊眼里也有水水,嫌咱这清一色的地方太单调,现在有了嫂子这花棉袄,喜鹊禁不住引诱,便飞来了!"有个兵故意犟嘴:"照你这么说,喜鹊也会辨认个公母来了!"班长驳道:"大家听见了没?这可是他强加给我的。我只是说喜鹊喜欢上了嫂子的花棉袄。"一阵哄堂大笑。

雪莲嫂的那件得体而素雅的对襟棉袄,确实很惹人爱,不管近看还是远瞧,都很入味。那件棉袄是浅红色的底色上均匀地盛开着一朵朵近似梅花样的花蕾,间或还有一道道像射出来的光芒似的线条从花朵中间穿过,使人感到所有的花独立而不散,成为一个有机的整体。同一件衣服穿在不同人身上会有不同的效果。嫂子眉清目秀的脸庞,再配上那从脖后卷起在头顶挽成髻的头发,使人感到那件棉袄给天下的任何女人穿都不如她穿上这么有魅力。她早早晚晚地穿着这棉袄在营区忙碌着。因了她的忙碌、走动,以往寂寞而单调的营区也就跟着生动起来。

嫂子是杭州人,自幼喜欢唱歌,高中毕业便考上了音乐学院,后来就成了某歌舞团的演员,在当地颇有点小名气。现在来到边防线上,自然是要为官兵们唱歌的,但是她的主要职责已经不是演员了,用她的话说:"嫂子是大家的,哪儿需要嫂子,嫂子就出现在哪儿。"

她把战士们的被子一床挨一床地拆洗了一遍。末了,还自己掏腰包买来毛巾给兵们缝在被头上;战士们换下来的衣服,只要她见到就悄悄地拿去洗了,等兵们训练或执勤回来已经晾干后叠得整整齐齐地放在了床头;她还把自己会做的几道杭州菜的做法传授给了炊事班的两个战士。她对他们说,哨所里有一半的人来自杭州,你俩不会给这些人做家乡菜是要脱离群众的。当然,嫂子来队后,最让兵们开心、愉快的时刻当数晚上，这时她总是把兵们集合在食堂（这是集吃饭、开会、娱乐于一体的三用场所）里，为大家举行"个人演唱会"，大家点什么歌她就唱什么歌。点得最多的歌曲是《嫂子颂》。这支歌雪莲嫂在杭州不知唱过多少遍了，但是在这遥远的西藏为边防战士唱，感情不一样，效果也不一样。她每次唱下来都是热泪流面，兵们也跟着她哭；有时她还给兵们教英语，有些调皮的兵嫌英语字音太拗口，便说：嫂子，我们又不打算漂洋去留学，学那玩艺儿不是一种负担吗？等有一日想到国外去观光旅游，就请你当导游，我们光看光听不就行了！她耐心地告诉弟兄们：到了你们复员回乡那个时候，家乡肯定少不了合资、独资企业，外国佬不会少。你们不懂几句英语，可就成了名副其实的"国盲"了！

　　时间在欢乐中总是过得飞快。嫂子要离开哨所回杭州了。这时候，出现了一个反常的现象。排长当然恋恋不舍了，但却显得很平静。倒是那些兵们一个个淌下了难舍难分的眼泪。他们轮流握着嫂子的手久久不松开，都要求她再多住几日。有的甚至说："嫂子，我们以全体人员的名义给你们单位写信或拍电报，给你再续一周假。"

　　雪莲流着热泪迈不开脚步，她怎能不知道这些小弟弟们对自己的感情是多么清纯而真挚！她给大家掏出了心里话："你们以为嫂子就愿意离开哨所吗？为了到底续假还是不续假的问题，昨天晚上我和你们排长商讨了大半夜。他当然希望我能多留下来几天，可是，他又怕我耽误了工作。我毕竟是个有岗位的职业演员，团里下月要下乡去演出，我不回去那个演出方队里就会缺一块，我于心不忍，大家也不会原谅我。"

　　这时，兵们异口同声地吼了一句："那你现在就下个保证，明年休假时再来一趟哨所，我们等着你！"

　　听了这话，嫂子有点羞涩起来，低下了头。不语。

粗心的兵们哪里知道女人的事，又齐声喊了一声：明年还来咱们哨所休假嘛！

嫂子仍然低头不语，这时排长在一旁急了，不得不替嫂子说话了："傻小子们，你们不懂，你嫂子明年她来不了啦，她有啦！"

兵们一听，一个个把舌头吐得老长，不知说什么好。

雪莲嫂这时为大家解围说："明年来不了，后年、大后年不是照样可以来嘛。那时候我给你们带个小侄子，"她扑哧一笑，"当然，保不准也是个小侄女，咱这个大家庭里又添了个小宝宝，不是更热闹了吗！"

兵们起劲地鼓掌。一个兵说："明年你来不了哨所，这有特殊原因，我们批准。不过，我们明年派代表去杭州看你。"

"那当然可以喽，热烈欢迎！"

"还有，你走时要把你照片留下，我们想念嫂子时就能随时看到你。"

没想到这个兵的话音刚一落，嫂子就立即许诺："我回杭州后，给哨所每个同志寄一张我的彩照，就让我长期留在边防线上陪着大家一起执勤吧！"

又是一阵惊天动地般的掌声。那是雅鲁藏布江拍岩的涛声啊！

说罢，嫂子把多情的目光投向排长，排长会意地点点头。

一个在一些人看来也许很难下决心的棘手问题，排长夫妻就这么很默契地解决了：雪莲给每个兵赠一张自己的彩照。

从此，兵们就渴盼着这位"女兵"快快入伍。就像当初盼着她来哨所一样怀着满腔热忱。

嫂子说到做到。半个月后一摞彩照寄到边防。信封上写的是排长的名字，信却是写给哨所的全体战士。信不长，内容可是充满着情感与期望。

我时刻惦记着的弟弟们：

嫂子是一路流着眼泪回到杭州的，以致原来准备第二天就要照相，只因为眼睛红红肿肿的未照成，这就是半月后你们才收到我照片的原因。我在哨所时看到你们中有的人枕头下偷偷地压着从报刊上剪下来的影视明星照或一些美人照，我的心酸了好些日子。现在你们可以大大方方地把我的照片放在桌上的玻璃板下，夹在日记本里。嫂子就是嫂子，无需藏着掖着。

在哨所的40多天里，我深深地感到你们的生活过得太艰苦太单调。你们太需要有"嫂子"们的关心和疼爱了。嫂子希望你们每个人到时候都能找到一个知冷知热的好媳妇！

雪莲

这封信是由老班长在哨所全体军人大会上念的。读完信，下面仍然鸦雀无声，一片沉静。许久，才爆发出一片雷鸣般的掌声。有人还喊了一声"嫂子万岁"！

排长按照妻子的意思把彩照分给同志们，人手一张。兵们拿到彩照后那个喜呀，像自己做新郎似的乐得眉儿眼儿都挤在一起。彩照怎么保管，大家颇费了一番脑子，最后兵们商量出了一个人人都拍手称好的办法：把她镶在每个兵随身带着的小镜子背面。兵们给镜子起名为"嫂镜"。这样，他们每次对镜整理军容风纪时都可以看到嫂子。嫂子也能看见她牵挂的战士。

看嫂子，多一份对亲人和故乡的深情；看嫂子，增加一分保卫祖国的责任和动力。

嫂镜成了边防线上一处独特而新颖的风景，招引了许多观光的人。不仅是当地的藏族牧民，就连部队领导机关的军官来边防检查工作时，都要久久地、深情凝望小镜上的彩照。一位将军来到哨所听了嫂子的事情后，连连说："这是一个很美丽的故事，她是一个伟大的女性！"之后，他对着小镜上的彩照恭恭敬敬地行了个军礼。

（摘自《读者》2000年第21期）

人生过处唯存悔

何兆武/口述　Maggie/撰文

　　我年轻的时候正赶上第二次世界大战,中国跟日本打仗。那时候想得很天真,认为抗战一定会胜利,胜利以后一定是个美好的世界。后来发现,打仗是胜利了,可是离美好的世界还很远。

　　抗日战争时期,生活是艰苦的,精神却是振奋的,许多人宁愿颠沛流离,也不愿做亡国奴。16岁那年,北平沦陷了,我回到湖南老家,从岳阳到长沙那一段,坐船要走5天。正值深秋,我们坐着古代式的帆船,天一亮就开船,天黑了就停下来,一路的景色美极了。这让我想到一个有点哲学意味的问题:怎么样算是进步?从速度上看,火车更优越;可是坐船不仅欣赏了美景,心情也极好。如果要我选择,我宁愿这么慢慢地走。

　　为什么西南联大不大,当时条件又非常差,却培养出了那么多的人才?答案就是两个字——自由。我在本科到研究生的7年里换过3次专业,读过4个系，那是一生中最惬意、最值得怀念的好时光。也是因为自由，无论干什么都凭自己的兴趣，看什么、听什么、怎么想，都没有人干涉。什么样立场的同学都有，私人之间也没有太大的思想上或者政治上的隔膜。

我做学生的时候，没有统一教材，各个学校教的大不一样，各个老师讲的也不同。国文老师喜欢教哪篇就教哪篇，今天选几首李白、杜甫的诗，明天选《史记》里的一篇文章。

"中国通史"是全校的公共必修课，钱穆、雷海宗两位先生各教一个班，各有一套自己的内容和理论体系。我爱人上过北大陈受颐先生的"西洋史"，一年下来连古埃及多少个王朝都还没讲完。北大有位老先生讲中国哲学史，一年只讲了个《周易》，连诸子百家都没涉及。学术的生命力就在于它的自由，不然每人发一本标准教科书，老师照本宣科，还不如播音员抑扬顿挫，学生也不会得到启发。

我亲见亲闻过物理系两位高我一届的才子杨振宁和黄昆谈论爱因斯坦新发表的学术文章，杨振宁把手一摆，一副很不屑的样子，说："毫无originality（创新），是老糊涂了吧。"当时我想：年纪轻轻怎么能这么狂妄？居然敢骂当代物理学界的大宗师？

不过后来我想，年轻人大概需要有这种气魄才能超越前人，能看出前人的不足反而是一个年轻人所必备的品质。自惭形秽的人，如我自己，大概永远也不会有出息的。

对一个学人应该有两种评价标准，一个是学术研究的贡献，一个是对时代的影响。有很多人对时代的影响太大了，就不宜单从专业的角度来衡量。梁启超有好几篇文章我现在都记得，郭沫若在自传里也讲，他们那个时代的青年几乎没有不受梁启超影响的。胡适作为一个宣传家宣传新文化，相当于西方的伏尔泰。他们都是引领一个时代的先驱，影响了一个时代的风气，功绩是伟大的。

对日本人的仇恨是我们这一代人难以了却的情结。1931年"九一八"事变的时候我正在读小学五年级，堂兄从沈阳来北平玩，19日父亲下班回来，进门就对堂兄说："你不要回去了，号外登出来了，沈阳已经被日本兵占领了。"

1936年秋天，我上高一，9月18日9点18分，日本军队故意挑这个时间开进北平城，从东长安街到西长安街，在北平城里耀武扬威。大队坦克车从新华门的前面开过去，那时候柏油路不太好，我放学回家看见坦克轧过的痕迹清楚极了，今天还历历在目。

做亡国奴的心情不好受。留在敌占区的同学说，日本人一来就把英文课废止，来了一个日本人教日文，大家一个字母都不学，开始全班都是零分。1937年底日军攻占南京，敌伪下令全北平市学生参加庆祝游行，消息一宣布，全班同学都哭了。

抗日时期，中国空军很少。很多年纪比我大一点的青年学生投考航空学校，那一批人素质很优秀，所以中国空军在一开头打的时候战绩挺辉煌。有一位前辈叫沈崇诲，1928年考入清华大学土木工程系，毕业后考入杭州笕桥中央航空学校。"八一三"事变时，他的飞机被高射炮击中了，他就驾着飞机直冲下去撞日本的旗舰"出云"号，26岁就殉国了。

这辈子最美好的时刻就是日本投降，那时候我们正在为反对国民党的腐败而罢课，听到这个消息异常高兴。

一个人活在世界上，并不能完全自主，不得不跟着环境、跟着条件走。比如说"文革"的时候，年轻人下乡五六年、七八年，把青春都荒废了。所以"文革"导致一代人的文化缺失，接不上气。

我是搞历史研究的，却没有在这个领域做出多大贡献，反而拿了个

"翻译文化终身成就奖"。自己要负点责任，环境也要负责任。我从30多岁到60多岁在历史研究所，应该是最能出成果的时间。不过，那时我们受到种种条件的限制，能做的事情很有限。真正搞业务的时间实在太少。

我们这一代已经"报废"了，现在是青年人的时代了。我老了，不会用电脑，你们说的智能手机、微信我更不懂。我还是老一辈人的习惯，只能看书看报、看印出来的东西。我读的书、听的音乐都是古典的，我的欣赏水平到19世纪为止，现代化的东西接受不了，没有那个基础训练。我不太了解现在青年人的想法，我身体不好，不出门了，跟青年接触很少，等于是与世隔绝了。

时代永远向前走，每个时代有每个时代的人。人总是要被时代抛弃的，总会有赶不上的一天。

小时候，我家对门有个小商店，卖油盐酱醋和青菜，一个掌柜、两个学徒，总共就三个人。当时那条路还是土路，常有赶大车的人从乡间来，就在小商店的门前停下来歇脚。那些是真正的下层人民，从他们的装束就能看出来。一进门掏出两个铜板，往柜台上一放，"掌柜的，来两口酒。"掌柜就用一个小瓷杯倒上白酒递给他，并拿出一些花生放在他面前。客人就一边吃着花生，一边喝酒，一边和掌柜的聊天。其实两个人并不相识，谈的都是山南海北的琐事，然而非常亲切，就像老朋友一样。东拉西扯地聊个十多二十分钟，说声"回见"，就上路了。这个场景一次次出现在我的记忆里，让我感觉到一种人与人之间的脉脉温情，现在是不可得而再了，现代化节奏的生活中再也看不到往昔的那种人情味了。

卢梭《社会契约论》开篇第一句话：人是生而自由的。但同样可以说：从来就没有什么自由平等，不是这个阶级压迫那个阶级，就是那个阶级压迫这个阶级。这就好比理想与现实、理论与实践。我们不能因为理想的不可实现就把它一笔勾销，还是要朝着这个目标前进，但也不要过于天真，把什么都想得太简单，不然就会在现实面前碰得头破血流。

　　我和好友王浩曾在昆明翠湖边谈了一个很哲学的问题：如果上帝答应你一个要求，你会选择什么？我当时正在看一本写歌德的书，歌德说他会选择"知道一切"。王浩认同歌德的观点，可是又说："知道一切，也就没有一点趣味了。"这个世界和人生，正因为你看不透，所以才吸引你。

（摘自《读者》2020年第16期）

记忆中的星光

白 桦

1948年11月24日我在中原野战军4纵13旅37团3营的一个连队里，那天上午，国民党军主力第12兵团司令黄维，在强渡浍河之后似乎发现了危险，立即想撤到浍河以西。正在坚守南坪集的我军突然渡河西撤，装成仓皇溃逃的样子。浮桥在河上剧烈的晃动，人喊马嘶。不时有个别想超过别人的战友坠入水中，在他被战友们拖上来的时候，水淋淋的棉袄很快就结冰了。

我们在河西进入阵地的时候，已是黄昏时分。饥肠辘辘的战友们立即开始挖掘掩体和壕沟，拼命地挖，拼命地挖。在挖掩体和壕沟的同时，我们班另有任务，在壕沟后面挖掘掩埋自己人的墓坑，虽然我们心里感到不是滋味，但这是每一次战斗之前必须做的工作。我在进行这项劳动的时候，很自然地会想到：这个墓坑将会掩埋谁呢？每一个熟悉的面孔都从我眼前闪过，都是那样年轻，都是那样生气勃勃。哪个都不应该躺进这冰凉的冻土。也许是我自己吧？想到这儿我情不自禁地打了一个寒战。夜晚除了散乱的曳光弹和信号弹从天空划过之外，枪声极少。到了第二天早上，黄维才清醒过来，意识到他的兵团已经陷入重围了。所有的现代化武器和辎重都变成了累赘。当他知道他派出的侦察兵触角所及，纵横只有7.5公里的时候，他慌乱了！对于敌我双方来说，这一空间都是一个危险的极限。已经被捆住手脚的敌军如果突围失败，就是覆灭。而我们，面对的是一个庞大的困兽的挣扎，战斗会空前猛烈。

果然，敌军的反扑在当天就开始了！白天，敌军以坦克、重炮为掩护，实行疯狂的突围。往往一个村庄都要经过反复的争夺。白天在敌人的手里，晚上我们又重新夺回来。在我们进入被占领的村庄的时候，必须从堆积得很高的尸体上翻越过去，那些奇形怪状的尸体都已经冻得像树根一样坚硬了。25日清晨，连部通信员小李跃出掩体去捡一挺轻机枪的时候，被敌人坦克上的机枪击中，我才知道看似笨重的坦克不仅不迟钝，而且很灵敏。小李一头栽倒在地，我的心像是被一团冰块击中了那样揪着痛。今晚，我的被筒里只有我一个人了。从月初我军进逼徐州那天开始，他和我睡在一个被筒里，用他的被子当垫褥，我们相互用体温取暖。

26日晚上反复浴血冲击，夺回一个被敌军占领的村庄之后，黎明时分我们连队被撤换下来了，兄弟部队接了我们的防。在阵地背后一个洼地里的小树林中集合的时候，连部只剩下了一个副连长了。副连长把连队的名单交给我，让我来替他点名。昨晚出发的时候还是129人的连队，现在能够大声应答的只剩下了25人，负了伤呻吟着应答的6人，他们都在担架上躺着或是坐着。点完名以后，副连长的眼眶里充满了泪水，他可能是怕哭出来，大喊了一声："向右转！"却听不见脚步转动的声音。他惊讶地擦了擦自己的眼睛，又喊了一声，队列依然没有移动。副连长用沙哑的声音问："怎么啦？你们的耳朵都被炮弹震聋了？点名的时候，你们不是都应了吗？"战士们不约而同地说："我们不撤！"副连长简直不相信自己的耳朵："什么？"回答他的仍然是："我们不撤！"副连长说："这是旅部的命令！"大家的回答还是："我们不撤！"副连长问："为什么？"所有的人都不回答，只有一个因为腿部受伤不得不坐在地上的伤员含混地小声反问说："为什么？你还不知道？"副连长火了："三大纪律的第一条是什么？"接下来的是久久的沉默，连伤员也不敢说话了，但队伍仍然没有移动。副连长丢下队伍，一声不响地走了。我们在洼地里像冬日的小树林那样站着，一动也不动。

半个小时以后，副连长带着团长来了，团长胳膊上绑着绷带。团长在连队面前站定以后，仔仔细细地辨认着每一个战士的脸，然后喊了一声"向右转！"队伍"刷"地一声向右转了，连在担架上躺着和坐着的伤员都向右转了。当团长喊了"齐步走"的时候，却没有一个人移动脚步。团长大声喊着："怎么不走哇？"站在排头的一班长无论如何都憋不住了，他说："团长！我们走不动啊！""走不动？"一班长"哇"地一声哭了："团长！你也不看看，我们连有多少同志还留在阵地上，连长、指导员、文书、司号员、卫生员……一排长、二排长、三排长……我们能走得动吗？"团长和副连长紧紧地抿着嘴，默默地对视着。过了好一会儿，团长才又喊了一声妥协的口令："向左转！"然后他和副连长把队伍丢下，肩并着肩走了。我们在洼地里像冬日的小树林那样站着，一动也不动。

又过了半个小时，副连长和团长带着旅政治部主任来了。旅政治部主任的肩膀上披着军大衣，他是个文雅的知识分子。他来了以后，没有喊口令，第一句话就是："你们知道为什么要你们往下撤吗？"战士们大声回答说："不知道！"旅政治部主任说："要你们往下撤，是为了给你们休整、补充；休整、补充，是为了让你们很快再回到这个阵地上来！听明白了吗？"战士们大声回答："听明白了！"旅政治部主任接着喊出以下的口令："把担架抬起来！向右转！齐步走！"连队虽然人数很少，但步伐渐渐整齐起来了。

我们撤到离阵地7.5里之外的一个小村里。虽然这个村一半的房子都被战火毁坏了，我还是依稀记得在合围之前我们连队来过这个小村。我们连在这儿停留的时间很短。在我们离开的前夜，我曾经看见村里一个小姑娘躲在墙角里等人，她并未发现我在站岗，因为我担任的是隐蔽哨。当一排长经过墙角的时候，那小姑娘往一排长手里塞了一双崭新的布鞋。我暗暗惊奇，她怎么这么快就能做好一双合脚的布鞋呢？他们相对注视的目光只是一闪而逝，我却看见了永远。26日夜晚，在一排长中弹倒地、我用急救包给他包扎伤口的时候，他指了指自己的脚，我注意到他的脚上穿着那双新布鞋。战争时期，战友们中间有一个默契，在冲锋之前，尽量穿上新衣裳、新鞋和新袜子。后来，一排长因为流血过多，去世了。这次回来，那个小姑娘几次微笑着想走近我，我都由于无法面对她那怀着美好希望的目光而闪开了。有一次我在破冰打水的时候，她把我堵在井沿儿上。问我："一排长咋没回来？"我没有撒谎，老老实实地对她说："一排长还在阵地上。""啊！"她竟然高兴得抿着嘴笑起来，咯咯地笑着从井边跑开。

12月13日向黄维兵团被困守的双堆集的总司令部发起总攻的时候，我们的连队经过补充和修整，又重新在原来的阵地上前进了两公里。15日夜，我们攻占了黄维兵团龟缩在地下的指挥部。那天夜里火光冲天，枪声就像过年时的爆竹。到处都是我军战士押解着敌军俘虏。我在繁星和照明弹的光亮下，又看见了那个小姑娘，她拦住所有她遇到的战士，在他们脸上辨认着。我当然知道，她是在寻找一排长。那天夜晚我胆怯了，面对敌人的炮口都没有躲开过，我却故意躲开了她。在她把目光转向我的时候，我把棉帽的护耳放了下来，匆匆地转身消失在人海里。

1949年元旦，我们从积雪的战场上撤退，中原大地锣鼓喧天。许许多多的标语中，其中有一条让我难以控制地潸然泪下。那条标语就是："欢迎英雄归来！你们是人民的好儿子！"我当时情不自禁地喃喃自语说：那些最好的儿子都没能回来，他们留在淮海平原的冻土里了。

后来，经过渡江战役、广东战役、滇南战役……一直到"文革"后的1978年夏天，我又重新回到淮海战场，那里已是一望无际的金色麦地。在徐州淮海战役纪念馆里，我偶然发现展品中有一面很熟悉的锦旗，仔细一看，那正是当年我在淮海战场的阵地上手工制作的。自己的字迹使我异常震动！当晚在梦里我又看到了我的连长、指导员、连部通信员、司号员、一排长和那位小姑娘，他们一下子又都来到我的记忆之中，我立即在他们中间入列。连长的大嗓门儿还是那么响亮："立正！向右看齐！向前看！报数！""1、2、3、4、5、6……"一直数到129。报了数以后，指导员大声问我们："同志们！我们流血牺牲、前赴后继是为了什么？"这是每一次点名时他都要问全连的一个问题。

全连指战员立即信心百倍地回答说："建立一个民主的中华人民共和国！"喊声在星空中回响。这句话我们重复过几百遍，每一次都让我们振奋不已。

当我在60年前的呐喊中猛醒的时候，顿时，汗流如洗……

（摘自《读者》2008年第4期）

孤岛上的"夫妻哨"

王志国／口述　永　皓／整理

1

在江苏灌河入口处，有一个叫开山岛的前沿哨所，它离岸边12海里，面积只有0.012平方公里，如足球场般大。岛上没有水源，也没有任何发电设备，只有当年连队留下的几十间像碉堡一样的平房。可你怎么也想不到，在放眼望去满是汪洋的这座孤岛上，我们一家人就生活在这里。

多年以后，母亲讲述了我们是如何来到这岛上的：1986年年初，部队将岛划给地方管理，县人民武装部先后找了4人守岛，一个个都被吓退了。人民武装部王政委急得上火，找到我父亲说："你是生产队队长兼民兵营长，再合适不过了。守岛，只能靠你了……"父亲答应上岛看看。亲友们竭力反对，母亲心中不舍，却为父亲帮腔："他答应政委了，让他先看看吧……"

父亲是灌云县杨集人，母亲是鲁河人。邻居们说，以父亲的条件，能娶到母亲是太有福气了。父亲家境差，母亲上过高中，是镇小学民办教师，转正是迟早的事。母亲说："第一次相亲，我就觉得他实在。"两人于1983年结婚，第二年生下姐姐。姐姐才两岁，政委找上门了……

1986年7月14日，人民武装部领导把父亲送上开山岛就走了。直到第48天，父亲终于盼到了一条渔船。船头，站着妈妈。父亲迫不及待跳上船，抱着母亲就哭。母亲吓呆了，这个胡子拉碴、满身臭气的"野人"，是丈夫？母亲心疼得直落泪。

一个月后，让父亲没想到的是，母亲辞掉代课老师的工作，将姐姐托给奶奶，又来到了开山岛。父亲怔住了："你怎么这样？"母亲说："谁让我是你妻子，这叫'夫妻同心，其利断金'嘛！"

在这个岛上，父母又相继哺育了我和妹妹。

一次台风刮了个把月，尽管父母天天喝稀粥，粮食还是吃光了。我和妹妹天天拉着母亲的手要饭吃，母亲的泪水只能生生憋着，总不能啃石块啊！

父亲也急啊。他顶着狂风，卷起裤脚，赶着落潮的海水捡拾海螺。一天下午，捞海蛎的父亲回来，一进门就唤着我和妹妹的名字，母亲迎出来说："他们睡了！"父亲诧异地说："大白天睡什么？"母亲眼圈一红说："他们是饿晕了！"那一夜，父亲没睡觉，在海边一直捞到深夜。半夜里，母亲从梦中醒来，见父亲还在海边捞，母亲把他拖回屋："你这样，我们娘仨指望谁呢？"

几天后，人民武装部的供给终于上岛。望着又黑又瘦的我们，来的10

多个救援人员没有不掉泪的……饥饿事件后，父母决心开荒。他们像燕子衔泥般背回一袋袋土、肥。第一年，他们栽下的树无一成活。妹妹3岁那年，门口埋下的苦楝树居然冒出嫩芽，父亲兴奋极了。荒岛上，逐渐有了生机。父母在岛上种了豆角、丝瓜、冬瓜。苦楝树也越长越高，母亲经常陪我们在树边玩，父亲总是咧着嘴笑，这是唯一让我感到幸福的场景。

2

1993年夏天，父亲让我上岸上学。母亲犹豫不决——奶奶年迈，9岁的姐姐如何照顾我？父亲果断地说："老大辛苦点，照顾他吧。"那时，上级正式批准他俩成为守岛民兵。

9月1日，我上了小学。原以为离开那座像"水牢"似的孤岛，就能找到快乐。可我很快发现，父母不在身边的日子并不幸福，我只能和姐姐相依为命。有一次，一个同学问我："你是不是没有爸爸妈妈，你是孤儿吗？"我说："谁说我没有爸爸妈妈？他们在岛上呢。"我嘴上虽这么说，可心里还是不能理解父母的选择。

1996年，妹妹也要上学了。父亲又叫来姐姐，说："闺女，不是爸妈狠心，如果那个'破岛'有事，就是大事，爸爸妈妈不管的话，就是失职。现在我把照顾弟弟妹妹的任务交给你，你就委屈点，爸爸求你。"姐姐流泪了，12岁的她，辍学了。

1998年，在上海的大姑让父亲趁身强力壮去淘金，一年赚三四万没问题。可父亲"一根筋"："我走了，谁看岛？"大姑气得直摇头。我和姐姐质问父亲："你为何死守那个鸟不拉屎的地方？"父亲告诉我们："孩子，钱可以不赚，岛不能不守。要是换上一个不地道的人，开山岛就毁了……"

原来，前不久一个投资者以开旅游公司的名义，想在岛上办色情场所，父亲坚决不答应。不想那个投资者就趁母亲出岛，安排一个女孩来到父亲房间，父亲拎起皮带将她撵走了。气急败坏的投资商一把火就将父亲的房子烧了……面对父亲的诉说，我们还是难以理解。

3

2005年7月，我考上了南京航空航天大学金城学院信息工程专业。一年几万元的学费，对于父母来说是个天文数字。9月很快到了，我在为学费发愁。临走前一天晚上，母亲拿了一叠钱给我，我非常诧异，父母两人的年收入只有3800元，哪来的钱送我上大学。原来，我上高中以后，父亲每天晚上捞鱼捞虾，一点一点攒下钱，又向朋友借了一点。父母为了我，一直在努力。

母亲帮我收拾好行李，又匆匆去帮父亲查岗了。看着母亲的背影，我突然泪流满面。多年来，我和妹妹一直认为父亲太"冷"，可父母关注的目光从来没有远离过我们。

那年春节前，风大雨急，灯塔指示灯线路断了。父亲爬到塔顶修理，脚下一滑，摔了下来，肋骨断了两根。第二天，送到医院，医生让他住院，父亲说："我在海上摸爬滚打惯了，没这么娇气。春节了，岛上不能离人。"医生只好给父亲开了些跌打损伤药让他出院。

除夕，和往年一样，吃过年夜饭，父母要到岛上巡视一番。我和妹妹没发现父亲有什么不对，是细心的姐姐从母亲不安的神情中发现了情况。见我们知道了他的病情，父亲虎着脸说："爸不要紧，这点小痛算什么，你们统统回去，该干什么就干什么。"

20多年了，不知父母迎来送走多少渔船，救过多少渔民，报告多少重要讯息。无论多么危险、多么孤独，他们从来不让儿女牵挂，反而一心牵挂着儿女。

2010年，我报考南京航空航天大学的硕士，顺利被录取。父亲听说后，比他得奖还高兴，忙不迭地告诉全家人："小国有出息了！"

苦苦坚守的结果是甜的。开山岛，亿年孤独的开山岛，因为父母的坚守，赢得人们越来越多的关注。2012年央视国庆晚会，父母受邀参加。那天，在电视上，我看见父母站到舞台上，父亲说的第一句话是："这么多年，最愧对的是儿女，幸亏儿女继承了我们不给别人添麻烦的作风，才让我们坚守孤岛有了可能。"一瞬间，我泪如雨下。

2014年春节前，我研究生毕业被分到派出所，当了一名海警。回到久违的孤岛，我发现父母已经老了，我含着泪说："爸妈，你们辛苦了一辈子，到岸上好好生活吧。"父母摇头说："孩子，爸妈已经习惯了，我们一家就是属于这个岛的。"

当晚，父母吃完晚饭，又出去巡逻了。立在门口，一阵海风掠过，吹得苦楝树叶哗哗响，我的思绪飞得老远老远：是啊，父母也可以选择种下一棵其他的树，比如，苹果树，结下累累硕果，让儿女们能收获甜美的果实。而他们选择种下一棵苦楝树，结出的苦楝子，品咂品咂，竟然也是甜的。

（摘自《读者》2014年第16期）

一个国家的英雄基因就这样生生不息

青 平

  这几天一直被英雄的故事感动着。"哪有什么岁月静好,不过是有人替你负重前行"——这句话在平时听起来像心灵鸡汤,这时候才知道,"负重前行"有时需要付出生命的代价。"我站立的地方,就是中国"——这句话平日里听起来似乎很矫情,这时候才知道,有人不仅把这种"清澈的爱"写进日记里,更用血肉和生命去践行。那张开的双臂、那些行走的界碑,让我们热泪盈眶。

  从传统媒体到社交网络,大家这几天都沉浸在对戍边英雄的致敬、痛惜和关心中。人们痛心于他们为国捐躯,"他们是为我而死"——这句被顶上"热搜"的话,代表了很多中国人对英雄的告白。我们骄傲于他们以一敌十、不辱使命,愤怒于个别败类侮辱祖国的英雄。人们关心英雄团长祁发宝的最新消息,这种对英雄的致敬,代表的是这个社会对英雄的珍惜和珍爱。特别是年轻人，"90后""00后"，他们虽然生长在岁月静好的和平与阳光下，似乎很少感受到惊涛骇浪，平常也很少谈到英雄，但他们从来没有失去对英雄的敬意，没有失去对成为英雄的追求。

常有人感慨，这一代青年中有不少人只知道追娱乐明星，不珍惜祖国的英雄，"热搜"上多是娱乐话题。但这几天，年轻人通过"'热搜'前十都关注英雄"，表明自己对英雄的态度，表达了一代人的英雄观。这不是对英雄无感的一代，他们的内心从来没有失去对英雄的崇拜。平时的娱乐，平时的"小确幸"，平时的风花雪月，跟在这种时候把守护国家安全、守护岁月静好的英雄捧在手心，一点儿都不矛盾。实际上，英雄们的努力，正是为了能让普通人去享受自己的"小确幸"式的生活。

这几天，很多年轻人都在微信朋友圈转发很多年前那篇脍炙人口的《谁是最可爱的人》，不仅转发，更在内心吟唱，一边吟唱，一边向今天那些最可爱的人致敬。这篇文章曾激励了一代人，今天的英雄续写英雄故事，继续激励着新一代年轻人。年轻人的内心是广阔的，而这广阔胸怀的最高位置，永远为这样的英雄而留，永远放着这样的英雄。这种对祖国、对英雄清澈的爱，不只是崇拜英雄，更是想在关键时候也成为这样的英雄。

我们国家不缺英雄，也不缺对英雄的敬重和珍惜，这是强国一代的精神之钙。一个民族、一个国家的英雄基因，就这样，代代相传，生生不息。

（摘自《读者》2021年第7期）

精神之渠永不断流

王 丁 李亚楠 双 瑞

　　2021年7月，红旗渠全面建成通水52周年。52年前，这里万人空巷，欢庆渠成；52年后，这里依然渠水奔流，激励人心。人们更多的是在寻找那股永不枯竭的精神之源。

　　20世纪60年代，在共和国最困难的时候，林县人民历时10年，绝壁穿石，挖渠千里，将一面"顽强奋斗、自强不息"的精神之旗插在太行山巅。

　　山河为碑。在中国共产党成立100周年之际，我们怎能忘记山中春秋、洞中岁月，忘记那些修渠的人，那是太行精神最厚重的积淀。

　　人心即名。在中华民族实现伟大复兴的征程中，我们怎能忘记一个民族曾经历的苦难与辉煌，怎能忘记人民对美好生活的期盼，那是中国梦最深沉的根基所在。

山　魂

到底是一种什么样的力量，让中华民族五千年来优秀文化从未中断？到底是一种什么样的力量，让中华民族每到危急关头都可以绝地反击、生生不息？

太行绝壁上"抠"出来的红旗渠或许可以给出答案。攀上缠绕在太行腰间的红旗渠，人们会无比震撼，仿佛感受到山的魂魄。

这魂魄就是中华民族顽强奋斗、自强不息的精神品格。

1960年，红旗渠开挖不到4个月，就遇到了大麻烦。炸过的悬崖，山石松动，不时掉下的石头造成人员死伤，有人提议渠不要修了。

以任羊成为代表的凌空除险队站了出来。"除险英雄任羊成，阎王殿里报了名。"一次，吊在半空的他被飞石砸到门牙，他掏出手钳把门牙一把拔掉，继续除险。

10万名像任羊成一样的开山者，削平1250座山头，凿通211个隧洞，刨出的土石，可以修一堵高3米、宽2米的墙，连接哈尔滨和广州。

林州人都说，红旗渠里流淌的是精神。这条精神之渠，来自饱含中华民族气质的太行山脉。

红旗渠，让磨砺千年的民族精神化为有形的"人工天河"，奔流至今。

张益智出生第二年，1500多公里的红旗渠全面建成。那是1969年7月，刚结束10年奋战的林县人豪气干云，"引水如牵牛，劈山如切菜"。

耳濡目染下，张益智继承了太行山石般坚硬的个性。

由于家贫，张益智16岁就外出打工，连双鞋都没有。光着脚干了71天活，脚底的皮磨得比皮鞋底都硬，母亲心疼得很，他却只顾着为71元钱的工资高兴。

他不甘心做小工，想当更有含金量的瓦工。管事的不让学，他就趁着休息时间偷偷学。19岁，他如愿成了瓦工班班长；21岁，他当上管理工人的工长；26岁，他就成立建筑公司独当一面了。

2012年，在当地保护生态、发展旅游的号召下，张益智接手家乡几乎废弃的万泉湖景区。投入5000多万元后，道路、植被等初见成效，一场突如其来的洪水却冲毁了这一切。

"丢了钱不能再把名字丢了，继续干吧！"张益智二话不说，将更多钱投进来，将全国各地2000多名员工调回来，附近的老百姓蹚着水来捐款。大战100天后，景区焕然一新。

目前，景区累计投入5亿多元，修了30多公里山路，绿化2万亩荒山，还建有高标准民宿。一片光秃秃的石头荒山真正变成了湖清林秀的风景区，每年接待游客50余万人次。

这种逆流而上啃下硬骨头的滋味，45岁的王付银深有共鸣。

他有一支300多人的建筑队伍，号称"老虎营"，专接别人干不下来的高难度活儿。汉十高铁关键控制性工程——崔家营汉江特大桥是世界上跨度最大的连续刚构拱桥，300米跨度没有一根柱子，王付银团队全天24小时施工，不仅圆满完成任务，还抢出了70天工期。

这是精神的传承。20世纪80年代，10万修渠大军出太行搞建筑，凭着吃苦耐劳的品性，林州建筑闯出了名气和口碑。如今，仅在当地注册的建筑公司就达860家，撑起了林州经济的半壁江山。

渠　心

"共产党并不曾使用什么魔术，他们只不过知道人民所渴望的改变。"

美国记者白修德和贾安娜在《中国的惊雷》一书中的感言,用来解释红旗渠的修建同样贴切。

缺水是千百年来林州最深、最痛的记忆。从明朝建县起,《林县志》上就经常出现"大旱""连旱""凶旱""亢旱"等字眼,多次发生"人相食"的惨剧。

对水的渴望有多迫切,林州对开渠人的感念就有多深挚。明初知县谢思聪开凿不足10公里的洪山渠,受益百姓筹资建"谢公祠",并将洪山渠改名为"谢公渠"。

但苦难的缺水历史并没有终结,中华人民共和国成立后,31岁的县委书记杨贵站了出来,经多方考察后,县委决定从山西平顺县引浊漳河水入林县。

这是一项充满风险的决策。杨贵不仅面临工程技术上的风险,还面临政治前途上的风险。红旗渠开建没多久,就有人攻击他劳民伤财。

多年后,杨贵回忆当时的心境:"我们可以坐着等老天爷的恩赐,这样我的乌纱帽肯定能保住,却战胜不了灾害,遭殃的是人民群众。"

群众的渴望就是最大的动力。县委征求意见时,林县百姓说:"国家没钱,我们自带干粮也要修成,这是关系到祖祖辈辈的大事。"

"抢晴天,战阴天,小风小雪是好天,汽灯底下是白天,争取一天当两天。"为着千年的盼望,在山中风餐露宿的林县百姓化苦为乐:"撕片云彩,擦擦汗;凑近太阳,点支烟。"悲壮又浪漫。

在6800多万元的红旗渠总投资中,国家投资1025.98万元,仅占比14.94%,超过85%的投资来自地方和群众自筹。

红旗渠是一个写满初心的地方。

2013年,55岁的王生有同样面临一个选择。担任村党支部书记20多年的大哥王自有，在为村里修路奔波的途中突发心梗病逝，盘龙山村的民生大计停摆了。

王生有常年在外做生意，因车祸失去了一条手臂。乡亲们想让事业有成的他回村接任支书。回，还是不回？对党员王生有来说，这根本不是个问题。

盘龙山村海拔1300米，山高沟深，修一条下山的路是全村人的期盼。王自有带领村民奋斗多年终于打通一条9公里的土路，准备水泥硬化时，他却壮志未酬身先死。

王生有继承哥哥的遗愿，也扛起了全村人的期盼。经过多方奔走，他终于将坑洼不平的土路变成了平坦的水泥路。

路通了，致富就有了希望。他又带领村民绿化荒山3000多亩，种植花椒、核桃、中药材1000多亩，不仅卖土特产有收入，也为发展旅游业打下基础。

"让乡亲们过上好日子，是我大哥生前的愿望，也是我奋斗的目标。"王生有说。

从空中看，盘龙山村蜿蜒的山路如一条长龙，与远山间缓缓流淌的红旗渠遥相呼应。这是跨越半个世纪的心灵感应，是共产党人为人民谋幸福的初心所在。

红旗渠畔还传颂着女支书郁林英的故事。在她的带领下，昔日坡多地少、偏僻荒凉的庙荒村摘掉了贫困帽，实现了基础设施提升、乡村旅游红火的华丽转身，成为太行山侧的一颗明珠。

他们是林州党员干部的一个缩影。还有许许多多共产党人，他们的名字或许不为人知，但多年来他们彼此接力，活跃在带领老百姓战太行、富太行、美太行的最前线。

路　标

李广元，从农村铁匠铺起家的林州"钢铁大王"，大半辈子没离开过钢铁，却在年过六旬之后，闯进一个完全陌生的领域——电子级玻璃纤维制造。

生于1948年的李广元虽只参加过红旗渠收尾工程，却是个典型的具有"红旗渠脾气"的人。

当年修渠，有一首为小推车所作的歌："山里人生性犟，后面来的要往前面放。"意思是大家一起推车，歇脚时，走在后面的一定要把车放到前面才停下来。

"干就干世界最先进的、最好的，要跑到国家和世界的前列。"即便在之前从未涉足过、比绣花还要精细许多倍的电子玻纤领域，这个钢铁汉子也绝不愿居人后。

9微米、7微米、4微米，仅用4年时间，李广元的团队就赶上了世界先进水平。赶上，不是李广元的目标，他还要超越。由来自国内外的20多人组成的研发团队正在红旗渠畔以当年"劈山挖渠"的精神攻克科技难关。

李广元的选择，是对中华民族精神内核的继承，也是红旗渠精神在当代的延续。

1966年4月，红旗渠总干渠通水前，特等劳模张买江的母亲赵翠花坐在渠边整整守了一夜——她想先打第一桶水。丈夫修渠牺牲后，她又把儿子送到渠上，这位倔强而坚毅的女人把水视作亲人。

13岁的张买江上了工地，成为最小的修渠者。山路坎坷，几天就磨破一双鞋。他把废旧轮胎制成鞋的模样，穿久了，脚底板磨出又厚又硬的老茧。

红旗渠修了10年，张买江干了9年，最宝贵的青春岁月都是在修渠中度过的。几十年后，他担任红旗渠干部学院特聘教师，向全世界讲述红旗渠的故事。

从修渠到讲渠，半个世纪以来，他的生命与红旗渠紧紧连在一起。

自开建起，红旗渠就闪耀着奋斗和梦想之光。作为中国精神的象征之一，关于它的纪实电影登上过联合国的舞台，它也吸引了全球200多个国家和地区的友人前来参观。

如今，每年有超过20万人到红旗渠接受红色教育和培训。其中，不少是来自国外党政机构的学员。他们希望来此弄清楚中国共产党为什么能、马克思主义为什么行、中国特色社会主义为什么好。

日本访客深谷克海自1976年至1995年，先后12次造访红旗渠。他认为，红旗渠精神加上西方发达的科学技术就是世界发展的方向。

他领会了一个民族的特质，只是还没有触摸到这个民族的灵魂。

对今天的共产党人来说，红旗渠时时叩问的是：我们从哪里来，要到哪里去？凭什么走到今天，又凭什么去开创未来？

红旗渠，既是历史答案，也是时代考题。这里，不仅有中国的过去，更有中国的未来。

（摘自《读者·庆祝中国共产党成立100周年特刊》）

致 谢

2021年7月1日，习近平总书记在庆祝中国共产党成立100周年大会上指出："一百年前，中国共产党的先驱们创建了中国共产党，形成了坚持真理、坚守理想，践行初心、担当使命，不怕牺牲、英勇斗争，对党忠诚、不负人民的伟大建党精神，这是中国共产党的精神之源。一百年来，中国共产党弘扬伟大建党精神，在长期奋斗中构建起中国共产党人的精神谱系，锤炼出鲜明的政治品格……"这些精神包括井冈山精神、长征精神、遵义会议精神、延安精神、抗战精神、西柏坡精神、抗美援朝精神、"两弹一星"精神、改革开放精神、抗洪精神、抗震救灾精神、脱贫攻坚精神、抗疫精神等伟大精神。为了与广大读者一道更加深刻地理解、感悟并弘扬这些伟大精神，我们编选了"读者丛书（2022）"作为这套丛书的第6辑。丛书以"建党精神""脱贫攻坚精神""抗疫精神""'三牛'精神""科学家精神""企业家精神""探月精神""新时代北斗精神""丝路精神""改革开放精神"为主题，从以《读者》为代表的各类报刊、图书、网站等渠道精选了600多篇精美文章汇编成书，所选文章以生动鲜活的事例印证、诠释了这些伟大精神的深刻内涵和永恒魅力，激励我们永远斗志昂扬、奋发向上。

比之往年，今年的"读者丛书"有了几点变化：一是以出版年份作为新一辑丛书的标记；二是为了满足不同读者的阅读需求，我们还增加了两个小套系：一套精选了近180篇适合中学生阅读并且有助于他们正确处理与同学、老师和家长关系的文章汇编成3册，这些文章通过一个个生动有趣的小故事阐述了深刻的人生道理，能让读者在轻松有趣的阅读氛围中享受成长的快乐；另一套则以"家庭家教家风"为主题，分别精选相关美文编辑成3册，希望我们能继承中华优秀传统，建设文明家庭，传承良好家教，树立纯正家风，营造出更加和谐文明的社会风气。

与往年一样，"读者丛书（2022）"的策划、编辑、出版得到了中共甘肃省委宣传部、甘肃省新闻出版局以及读者出版集团、读者杂志社等各方的指导和帮助，在此深表谢意！与此同时，丛书的编选也得到了绝大多数作者的理解和支持，他们对作品的授权选编和对丛书的一致认可解除了我们的后顾之忧，对此我们表示诚挚的谢意！虽然我们尽力想把工作做得更细致、更扎实，但因为种种原因依然未能联系到部分作者，对此我们深表歉意，也请这些作者见到图书后与我们联系。我们的联系方式是：甘肃人民出版社（甘肃省兰州市曹家巷1号新闻出版大厦14楼，730030，联系人：张菁，15719333025）。

"江山无限好，祖国万年春。"编辑出版"读者丛书2022"，我们希望与广大读者一起继承和弘扬这些伟大精神，把伟大祖国建设得更加美好。

读者丛书编辑组
2022年8月